红狮军团

秦天

来自中国，退役于雪豹突击队，后加入红狮军团。由于个人成长经历的原因，他性格孤僻、沉稳，看重朋友之间的友情。

亨特

来自美国，退役于绿色贝雷帽特种部队。他玩世不恭，喜欢开一些无聊的玩笑，个人英雄主义色彩鲜明。

亚历山大

来自俄罗斯，退役于阿尔法特种部队。他身材魁梧，脾气火暴，眼里揉不得沙子，因此常和队友发生冲突。

红狮军团

朱莉

来自法国的女生，曾服役于法国宪兵队。她高傲强势，令众多男性望而生畏。

劳拉

来自德国的女生，出身贵族，为了理想从小进行各种艰苦的训练。她善解人意，散发着人性的光芒。

詹姆斯

曾服役于海豹突击队，后加入红狮军团。他是一位冒险主义者，崇尚个人英雄主义。

 # 蓝狼军团

泰勒

来自英国，退役于特别空勤团。他冷酷、凶狠，具备超凡的作战能力，为了金钱加入蓝狼军团。

布鲁克

来自英国，退役于红魔鬼伞兵团。他相貌俊朗，行动敏捷，枪法过人，但生性狂妄，目中无人。

雷特

曾服役于一支邪恶的雇佣兵部队，擅长陆战。他狂妄、傲慢，是一个略显莽撞的家伙。

蓝狼军团

艾丽丝

来自美国，因一次意外被迫从海军陆战队退役，后来加入蓝狼军团。她为金钱而战。

美佳

一个有着许多秘密的人，曾服役于哪支部队无人知晓。她曾经接受过严格的训练，战斗技能出众，尤其擅长忍术。

凯瑟琳

一名优雅的冷血杀手，曾是神秘女子部队的一员。被她锁定的目标，就像接受了死亡女神的审判，几乎无人能生还。

战狼少年 6

暗战伊奇国

八路 著

化学工业出版社

·北京·

图书在版编目（CIP）数据

战狼少年.6，暗战伊奇国/八路著. —北京：化学
工业出版社，2020.8（2025.2重印）
ISBN 978-7-122-36936-9

Ⅰ.①战…　Ⅱ.①八…　Ⅲ.①儿童小说-长篇
小说-中国-当代　Ⅳ.①I287.45

中国版本图书馆CIP数据核字（2020）第081558号

ZHANLANG　SHAONIAN 6　ANZHAN　YIQIGUO
战 狼 少 年6　暗 战 伊 奇 国

责任编辑：隋权玲　　　　　　　　　　　装帧设计：尹琳琳
责任校对：杜杏然

出版发行：化学工业出版社（北京市东城区青年湖南街13号　邮政编码100011）
印　　装：涿州市般润文化传播有限公司
880mm×1230mm　1/32　印张7　彩插2
2025年2月北京第1版第5次印刷

购书咨询：010-64518888　　售后服务：010-64518899
网　址：http://www.cip.com.cn
凡购买本书，如有缺损质量问题，本社销售中心负责调换。

定　　价：25.00元

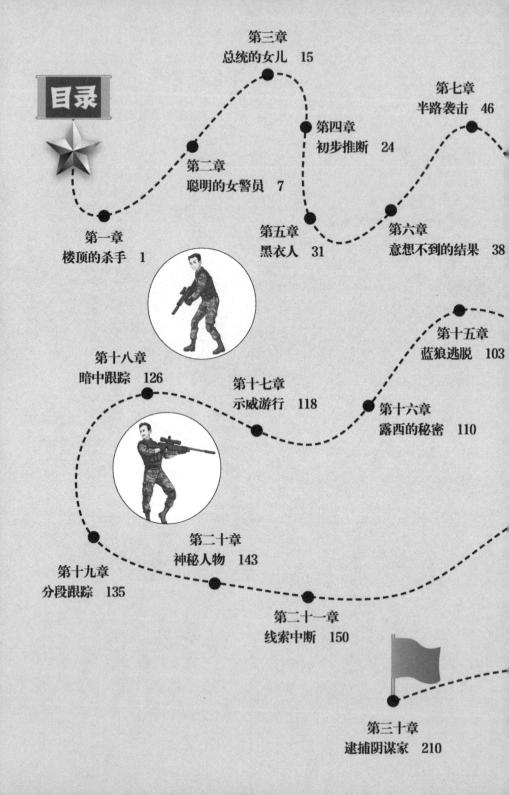

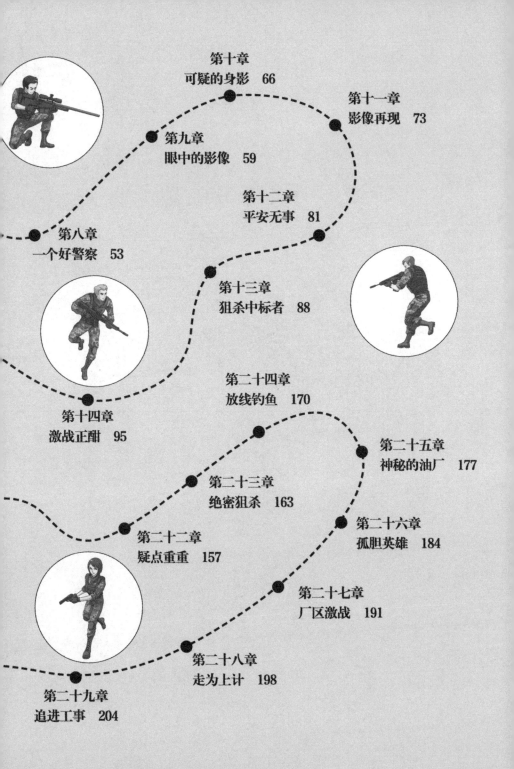

第一章

楼顶的杀手

　　一位皮肤白皙、面容略显清瘦的女生漫不经心地走进一座大厦。金黄色的头发遮住了她的半边脸，一条秋叶黄的丝巾将她的脖颈围住，梨黄色夹克紧裹着她的上身，背上还背着一个大大的双肩包。这一身打扮看上去非常干练，就像特意为这座沙漠中的小城专门设计的。

　　伊奇国是一个小得不能再小的国家了，以至于它只有一座城市——伊奇城。这个国家和城市融为一体的小国，国土面积只有五千平方公里。可是，这个小国的地下却蕴藏着似乎永远也开采不完的石油。

　　这座大厦是伊奇城的地标性建筑，来往于此的人非富即贵。金发女生径直来到电梯旁，站在人群中等待着正在下降的电梯。随后，她低着头挤进了电梯中。

　　这是一台观光电梯，可以清楚地看到外面的风光。

随着电梯的上升，电梯里的人陆续走出，到最后只剩下了这位金发女生。女生直到大厦的最后一层才走出来。她警觉地环视四周，急步向楼道的尽头走去。从行动来看，她似乎早已经对这里很熟悉了。来到楼道尽头，出现了一个梯子，她快速地通过梯子爬到大厦的楼顶。

站在大厦的楼顶可以俯视大半个城市，景象非常壮观。女生似乎并不是来欣赏风景的，她麻利地卸下双肩包，竟然从里面掏出一个压满子弹的弹匣。这只是刚刚开始，接下来她又掏出狙击枪的几大部件。不到一分钟，这些部件就被她熟练地组装到一起，变成了令人望而生畏的狙击步枪。

她是谁？一个看似柔弱的女生为何会拿着一支充满邪恶气息的狙击枪？只要听到她的名字，你便不会觉得奇怪了。她就是凯瑟琳，蓝狼军团的冷血女杀手。

凯瑟琳趴在楼顶，将狙击枪的枪托紧紧地抵在肩窝，开始通过高倍率的瞄准镜搜索目标。对面大厦的第十层有一家高档咖啡厅，两位中年人正相对而坐，各自手里

端着一杯热咖啡。他们坐在靠近落地玻璃窗的桌子旁。从凯瑟琳的方向看去，左面的一位是个男士，右面的那位则是女士。

男士手里拿着一个文件袋，手腕正在快速地转动，解开封闭文件袋的那根细绳。文件袋被打开之后，中年男子从里面取出了一份装订整齐的文件，双手递给对面的女士。

凯瑟琳看到男士在不停地对女士说着什么，她猜测应该是在解释文件中的一些内容。瞄准镜的十字线慢慢地移动，直到对准了这位男士的太阳穴才停下来。这是一条死亡十字线，它锁定了谁，谁就会听到阎王的召唤。

凯瑟琳面无表情，右手的食指已经触到扳机上。她屏住呼吸，稳住狙击枪，手指轻轻地向后一扣。子弹在沉闷的声音中出膛，这是由于枪身安装了消音器的缘故。枪口散去一股硝烟，弹壳从枪身的侧面弹出，落到了凯瑟琳右前方的位置。她没有去看子弹是否击中了目标，因为她相信自己的狙击技术，这种低难度的狙杀对她来

说，没有任何挑战性。

退一步说，即使目标没有被击中，她也不会再补射第二枪，因为那样无异于暴露自己，增加危险的系数。所以，凯瑟琳随手捡起那枚落在旁边的弹壳，将其塞进背包里。她不会给警察留下任何蛛丝马迹的。

一支霸气的狙击枪在凯瑟琳的手中，只需十几秒便被拆解成几大部件，重新装进背包里。不过，凯瑟琳并没有背起双肩包，而是将它拴在绳子的一端，从楼顶直接降落到了大厦背面的地上。

随后，凯瑟琳快速地沿着梯子回到楼道里，乘坐电梯向下运行。在她的脸上看不到一丝慌张，谁也不会将这位清秀的女生与一名冷血的狙击手联系到一起。

画面转到对面大厦的咖啡厅，中年男士疲软地趴在咖啡桌上，好像是睡着了。咖啡桌上出现了一大片红色的液体，黏稠而又带着一股腥味儿。桌子旁的玻璃上，一个小拇指粗的弹孔清晰可见，蜘蛛网般的裂纹以弹孔为中心向外扩散而去。

那位坐在对面的女士，双手拿着那份溅上了红色斑点的文件，浑身的每一个细胞都在以每秒上千次的频率颤抖。她想站起来马上离开这里，可是双腿却不听使唤，软得像两根面条；她想大喊出来，可喉咙里像被塞上了一个皮塞，怎么也发不出声音来。

"啊——！"

一声尖叫终于响起，但发声的并不是这位坐在男士对面的中年女人，而是邻桌的一个中学生模样的女孩子。

"有人中枪了，快报警！"

喊声和骚动席卷了整个咖啡厅，人们四散奔逃。那位被吓得灵魂出窍的中年女人终于可以动了。她双手用力撑着桌子才勉强站起来，只向前迈出了一步便差点摔倒在地上。

警察姗姗来迟，这可不怪他们，因为像伊奇这样的小国根本就没有足够数量的警察，更没有正规的军队。至于警察的办案能力，那就更不敢恭维了，用国民的话来说："除非罪犯自己撞进警察局，否则就别想着警察能

抓到他们。"

当然这也不能怪警察，因为在这个资源丰富的小国里，国民的社会福利相当完善，即使没有工作也不用为生存发愁。每年出口原油的收入，使这个小国已成了世界最富有的国家之一。在这样的国度里，犯罪率极低，警察也就无事可做，办案能力自然就退化了。

可是，最近令警察局苦恼的事情却接连不断，因为在一向平静的伊奇国，却突然频频发生枪击案。这令市民们恐慌起来，总统下令警察局一定要在一个月内将凶手缉拿归案。警察局长已经好几天没睡好觉了，可是仍然没有查到任何线索。

正在警察焦头烂额之际，又一起枪击案发生了。警察局长亲自带队赶到咖啡厅，希望能够找到破案的线索，给总统和国民一个交代。

第二章

聪明的女警员

就在警察局长在咖啡厅里展开调查的时候，凯瑟琳已经轻松地从对面的那座大厦里走了出来。她并没有去楼后取自己的那个双肩包，而是向左拐，然后一直向前走去。

大约走了两百米，凯瑟琳停在一辆黑色的小轿车旁。她从容地拉开车门，坐进了汽车的后排座位。那个双肩包就放在座位上。原来，早就有人在楼底接应凯瑟琳，第一时间将作案工具拿到了这辆汽车上。

小轿车的驾驶位置坐着一位男生，只看后背便可以知道他是一个强壮的人。他背阔肌圆厚，肩膀鼓鼓的，像要爆炸了一样。他藏在墨镜后面的眼睛警觉地观察着街道上的动静，脚已经踩下了油门。

"刚才拿包上车的时候，有没有人看到你？"凯瑟琳

有些不放心地问。

"你也太小看我了吧？"泰勒从后视镜里看了看凯瑟琳。

凯瑟琳透过车窗向外看去："如果咱们的行动被伊奇国政府发现，就别想拿到佣金了。"

"这个我比你明白。"说着，泰勒加快了车速，"拿不到钱等于白干，这笔账我比谁算得都清楚。"

在警察局派人封锁这条街道之前，泰勒已经驾驶汽车载着凯瑟琳离开了。而伊奇国的那些警察，他们还在咖啡厅里进行调查。那位曾经和被杀男士谈话的女士自然成了重要的线索来源。

"你们两个是什么关系？"警察局长哈麦迪问。

那位女士似乎还没有从惊吓中缓过神来，身体还在不停地抖，好像没有听到哈麦迪的话一样。

哈麦迪对身边的一位女警察说："露西，你去给她倒一杯热咖啡。"

露西穿着一件白色短袖警服衬衫，留着一头短发，

看上去非常干练。在咖啡厅里弄一杯热咖啡是再容易不过的事情了。

"不要紧张，先喝一杯咖啡。"露西将咖啡杯放在中年女人的手中，然后坐在中年女人的对面，就这样静静地看着她。

"这里交给你了，我去看看现场。"局长对露西说。

露西对局长点点头，仍旧一言不发地看着对面的中年女人，等着她主动开口。中年女人几乎是一口将咖啡喝进肚子里的，虽然咖啡还有点烫。

"我们是合作伙伴，今天正在商量一个工程项目的投标。"在咖啡因的作用下，中年女人放松了很多，开始主动说话了。

"你们很熟吗？"露西问。

中年女人摇摇头："不是很熟，这是我们第一次合作。"

"那么，你对死者的背景了解吗？"

"大概知道一些。"中年女士说，"他是一位富商，在伊奇国有很多投资项目，而且投资记录良好，也没有听

说过他有仇家。"

"谢谢你！"露西很有礼貌地说,"你把我想问的问题提前告诉我了。不过,我还有一个问题想问您。"

中年女人点点头:"我会把所了解的都告诉你。"

"你们在协商什么项目?"露西说,"如果不涉及商业机密的话,最好能够告诉我。"

中年妇女犹豫了片刻后说:"我们准备合作投资伊奇国的输油管道工程。"

听到这里露西愣住了,她眉头紧锁,心想难道这只是巧合还是另有玄机?露西之所以这样想,是因为在不久前的一个枪杀案中,死者竟然也是一位准备投资伊奇国输油管道工程的商人。这样说来,一系列的枪杀案很有可能和伊奇国的输油管道工程有关。露西在记录本上对这一点进行了特别备注。

露西对中年女人说:"好了,您可以走了。如果需要您的帮助,我们会再联系您的。"

中年女人惶恐地离开咖啡厅,也许她再也不想见到

警察了。

哈麦迪正在围着死者转。他叼着一支烟斗，虽然烟斗并没有冒烟，但他却习惯在办案的时候叼着它。哈麦迪之所以养成了这个习惯，是因为这副样子看上去很有福尔摩斯的范儿。

"局长，您发现什么线索没有？"露西问。

哈麦迪摇摇头："和以前一样，一无所获。"

其实不用问，露西也知道会是这个答案，因为在以往的办案中，局长从来没有发现过任何有价值的线索。

在伊奇国没有警察学校，所有的警察都是从大学毕业生中直接聘用。而且，伊奇国只有一所大学，神奇的是几乎所有高中毕业生都能考进这所大学。对于中学生来说，伊奇国简直就是人间的天堂。

由于没有经过专业的警察学校培训，再加上伊奇国以前几乎没有棘手的案件发生，所以即使像哈麦迪这样从没破过要案的人也能当上局长。

"你呢？露西。"哈麦迪走到露西跟前，拿下了叼在

嘴上的烟斗。

露西神秘地说："局长，我发现一条线索，也许我们该去一个地方。"

哈麦迪两眼冒光："什么线索？去哪儿？"

露西一把搂住局长的肩膀，好像他们是哥们儿一样。哈麦迪尴尬地看看左右，小声地说："露西，这里人太多，你注意点形象。"

"哦，我忘了！"露西收回手，"咱们边走边说。"

两个人急匆匆地向楼下走去。那辆豪华的警车就停在门口。估计全世界的警察都会羡慕伊奇国的警察，因为他们拿着全世界警察界最高的工资，享受着最棒的福利待遇，却没有什么案子可以处理。

"露西，你该告诉我要去哪儿了吧？"哈麦迪坐进驾驶室，"否则我不知道该往哪里开呀！"

"去政府的石油总部。"露西说。

哈麦迪愣了一下，问："去那里干什么？我可不想跟他们打交道。"

"我发现最近发生的枪杀案有一个共同点，那就是所有的受害人都在准备参与输油管道项目的投标。"

"你是说这些案件都和这个工程项目有关？"哈麦迪问。

露西点点头："至少有某些联系，所以咱们要去石油总部调查一下。"

哈麦迪猛踩油门，动力充沛的警车咆哮着冲了出去。在伊奇国，不用考虑汽车排量的问题，更不用考虑油价的问题，这里的油就像水一样多。

突然启动的汽车令露西产生了强烈的推背感，她吸了一口气，拍拍胸脯，说道："局长，你下次'发射'前能不能提前通知一声？"

哈麦迪嘿嘿一笑："谁让你刚才当着那么多人跟我没大没小，让我的威严扫地。"

露西这才知道哈麦迪是在报复自己。她没心思跟局长闲聊，途中打开这几起案件的笔录仔细研究，希望在到达石油总部之前做好功课。

　　石油总部的办公大楼气派非常，轿车停在楼前就像一只小蚂蚁一样渺小。在伊奇国，最牛的政府部门就是石油总部，因为它掌握着整个国家的经济命脉。

　　哈麦迪之所以不愿意和石油总部的人打交道，是因为这里的工作人员个个牛气哄哄。用当地一句比较流行的话来说，那就是"门难进，脸难看，事儿难办。"

　　初生牛犊不怕虎，露西急匆匆地向石油总部的办公大楼里走去。哈麦迪是个社会经验丰富的老油条，磨磨蹭蹭地跟在露西后面，准备见机行事。

　　在伊奇国警察的地位并不高，原因很简单，这个国家犯罪率低，警察几乎成了摆设。哈麦迪虽然身为警察局长，但是这样一个只消耗财力不创造财富的警察局的局长并不威风。

　　露西不管这一套，她手里提着装有笔录的文件袋，像一头小牛一样撞进了石油总部的办公大楼。

第三章

总统的女儿

一个保安模样的人迎面拦住露西，问道："你找谁？"

露西愣住了，因为她也不知道该找哪一位。露西想，既然来了就找他们这里最大的官。于是，她问道："你们这里最大的领导是谁？"

"当然是部长了。"保安不假思索地回答。

"我就找他。"说着，露西就往前走。

保安再次拦到露西的面前："对不起，您有预约吗？"

露西掏出警官证，在保安的面前一亮："我是警察，想找部长调查一些事情。"

保安用异样的眼光看着露西："对不起，警察也没有用。部长日理万机，可没有时间见一个小警员。"

露西顿时恼火："我在调查案件，请你配合我的工作。"她推开保安大踏步地向前走去。

"站住！"保安急眼了，紧追上来一把拽住露西。

哈麦迪见势不妙，赶紧追过来对露西说："咱们还是先回去吧！等我向上级请示，跟石油总部协调好以后，咱们再来。"

露西的手腕一翻，将保安的小臂拧成了麻花。保安疼得龇牙咧嘴直叫唤。露西轻轻一推，保安向后趔趄了几步，差点儿摔倒。他万万没有想到，这个清秀的女生力气竟然如此之大。

其实，不是露西力气大，只不过她擅长四两拨千斤的手法。露西很小的时候就去了中国，在武当山学习太极功夫，直到上大学的时候才回到伊奇国。刚才，露西所使用的手法，正是太极的推手功夫。

保安站稳以后，并没有再次冲向露西，而是朝门口的岗位处跑去。露西以为保安知难而退了，对哈麦迪说："局长，您看，对这些没礼貌的人没必要客气。"

哈麦迪的脸色由青变白："露西，你惹祸了。如果部长生起气来，把今天的事情向总统汇报，咱们警察局可

是要吃不了兜着走呀！"

"局长，你放心！"露西毫不惊慌，"凡是吃不了的都让我兜走，不连累你们。"

哈麦迪心想，这个新招聘来的女警员，太不让人省心了，回头一定要把她解聘了。

"嘀嘀嘀——"

办公大楼的门厅里响起急促的警报声。紧跟着，好几名保安不知道一下子从哪里冒了出来，将露西和哈麦迪团团围住。原来，刚才那名保安并非知难而退，而是跑去按警铃召唤帮手了。

露西见这么多人围住自己，并无惧色。她的右腿向后撤了半步，双臂在胸前舒展开来，摆出了一副准备迎战的架势。

哈麦迪可吓坏了，赶紧挡在露西前面，生怕露西再捅出什么大娄子来。"各位，有事好商量，咱们都是一家人，何必动粗呢？"

哈麦迪的话刚说完，便感到背后有人用力地拽了他

一把。

"局长，你闪开，让他们放马过来，最好一起上。"

哈麦迪回头一看，鼻子差点被气歪了。他吼道："露西，你平时跟我没大没小的也就算了。现在，我站在前面保护你，你竟然还敢拉我？"

"局长，我知道你是好意。但是，却多此一举。"露西并没有被哈麦迪的威严所镇住。

露西执意要往楼上闯，其中一位保安伸手想抓住她的胳膊。露西的左手画着弧线巧妙地将保安的胳膊拨开，紧接着右小臂回收，用肘部狠狠地顶了保安的腋窝一下。

"咣当！"

这名保安一屁股坐在地上，同时发出一声痛苦的呻吟。

另外几个保安互相看了看，蜂拥而上，想仗着人多把露西制服。露西根本不把这几个保安放在眼里，只见她动作如燕子般灵巧，出手看似轻柔，却力道十足。

没几分钟，这几个保安便稀里哗啦地被打倒在地，

再也不敢围上来了。"现在，我可以去见部长了吗？"露西拍了拍手，趾高气扬地说。

保安们虽然战败，但抵挡不速之客是他们的职责，自然不会眼睁睁地看着露西走上去。于是，为首的保安大喊了一声："兄弟们拦住她，不然咱们都要被炒鱿鱼。"

这些保安并不是伊奇国人，而是来自外国的劳工。在伊奇国，很少有人会去从事低报酬的体力劳动，因为他们享受的社会福利已经足够生活。不过，对于外来的劳工来说，在伊奇国当保安可是一份美差，因为既不会太累，工资又不低。

正当这几个保安再次将露西围起来的时候，电梯突然打开了，一位西装革履、头发花白的中年男士走了出来。中年男士见到大厅里一片混乱，厉声质问道："这是怎么回事？"

保安们一见到中年男士，便像士兵看到了将军一样，立刻站得笔直。保安队长恭恭敬敬地说："报告部长，有人来捣乱，我们正在制服她。"

原来这位便是石油总部的部长。他将目光停留在捣乱者的身上，竟然惊讶地说："露西，怎么是你？"

保安们，还有警察局长哈麦迪都愣住了。他们在想难道部长认识露西。部长向前几步，伸开双臂想把露西抱起来。不过，当双臂快要碰到露西的时候，他又停了下来，喃喃地说："露西长大了，不能抱了。"

露西认真地看着部长："密斯特叔叔，是你吗？"

"哈哈，除了我，还能是谁？"部长高兴得眉毛都要飞起来了。

"你是这里的部长？"露西指着密斯特问。

密斯特笑呵呵地看着露西："难道我看上去不像一位部长吗？"

露西仔细端量密斯特，然后点点头："你已经不是我以前认识的密斯特叔叔了，怪不得我都认不出你了。"

"可你还是叔叔眼中的露西，永远那么调皮可爱。"密斯特高兴得合不拢嘴。

看着这一老一小谈得高兴。其他人被弄得丈二和尚

摸不着头脑。保安想，早知道这个女孩和部长这么熟，就不拦她了。哈麦迪毕竟是个老江湖，心想露西到底是什么身份，竟然和石油部长如此亲密。

既然密斯特是石油部长，一切事情就都好办了。本来密斯特部长正准备外出办事，但是见到露西便改变了日程安排。部长请露西和哈麦迪来到办公室。从露西和密斯特部长的交谈中，哈麦迪才知道了他们两个人的关系。令哈麦迪没有想到的是，露西竟然是现任总统的女儿。原来，露西的父亲曾经是伊奇国的外交部长，而密斯特则是她父亲的秘书。

后来，露西由于酷爱中国文化，所以让父亲把她送到中国学习，这一去就是六年。当露西回国上大学的时候，他的父亲已经通过竞选，成了伊奇国的总统。密斯特则被露西的父亲任命为石油部长。

"露西，你来找我干什么？"密斯特问。

露西掏出文件袋里的笔录递给密斯特："叔叔，你大概已经听说最近发生的几起枪击案了吧？"

　　密斯特点点头："听说了，这在咱们伊奇国可是从来没有过的事情。"

　　"嗯！所以我想尽快破案。"露西说，"我怀疑这一系列的枪击案跟石油总部有关。"

　　露西的话像一枚重磅炸弹，密斯特脸色大变，问道："怎么会跟我们有关系？"

第四章

初步推断

石油部长密斯特听露西说最近的枪击案和石油总部有关，神情瞬间变得很紧张。这种紧张有些怪异，就像做了什么不可告人的坏事怕被别人发现而心虚的感觉。

"密斯特叔叔，你怎么了？"聪明的露西发现了石油部长的异常表情。

密斯特赶紧极力掩饰自己的表情："没什么，我就是搞不懂枪击案怎么会跟石油总部扯上关系。"

"我仔细对这几起枪击案的笔录进行了分析，发现死者有一个共同点，那就是都准备投标石油总部的新项目。"露西解释。

密斯特翻看着露西递给他的笔录，发现这几个死者的名字的确似曾相识。他让秘书拿来了输油管道工程投标商的名单，经过对照果然发现了上面有死者的名字。

"这是为什么？"密斯特看着露西，"难道有人要故意杀掉这些投标商，进行不公平的商业竞争？"

"没错！我们就是这样认为的。"哈麦迪局长终于开腔了，而且不知道什么时候那个永远不会冒烟的烟斗已经叼在他嘴里了。

哈麦迪继续说："据我分析，凶手一定是这项工程的投标商之一。他是想通过暗杀的手段除掉竞争对手。"

露西无奈地摇着头，心想事情都到了这个地步，还用你叼着烟斗摆出一副福尔摩斯的样子来分析吗？估计大多数人用脚指头都能想出来了。

"你来找我，希望从我这里得到什么帮助呢？"密斯特部长问露西。

"如果可以的话，我想从您这里拿到其余投标人的信息。"露西说。

密斯特犹豫片刻，然后对秘书说："去把另外两个投标商的资料拿来。"

露西和哈麦迪这才知道，现在还没有被暗杀的投标

商只有两个了。很快，秘书拿来两个文件袋，将其交到部长的手里。

密斯特拿着这两个资料袋，对露西说："如果我没猜错的话，这两个投标商中可能有一个是连环枪击案的凶手。"

"密斯特叔叔，我看您不仅可以当石油部长，而且还可以兼任警察局长了。"露西从密斯特手中拿过那两个文件袋。

想要的东西拿到了，露西和哈麦迪起身告辞。此时，哈麦迪再也不敢以局长的身份自居了，谦卑地跟在露西的后面。

"局长，您不要这样。虽然我是总统的女儿，但我仍然是您的手下。"露西像往常一样搂住哈麦迪的肩膀，还是那样没大没小。

以前哈麦迪会觉得露西这样做有些失礼，而现在他却有种受宠若惊的感觉。哈麦迪说："露西，你是个很有天赋的警察。要不是你，我们不可能发现这么有价值的

线索。"

"您过奖了。"露西小声地说,"我请您帮一个忙。"

"愿意效劳!"哈麦迪像在受领命令。

露西神秘地说:"您千万不要把我是总统女儿的事情告诉任何人。我可不想因为自己的特殊身份,被同事们另眼相看。"

"放心,这个秘密只会烂在我的肚子里。"说着,哈麦迪坐进了驾驶室。

露西坐在副驾驶的位置打开文件袋,开始研究这两个投标商人的资料。哈麦迪不再像以前那样突然加速,而是慢慢地起步。露西竟然没有感觉到汽车已经开始前进了。局长不再像局长,而更像一位领导的专职司机。

露西看到第一个文件袋里的资料显示,投标商来自密尔国,名叫哈林。密尔国是伊奇国的邻国,两国关系一向紧张,因为密尔国认为伊奇国的油井抽走了他们国家地下的石油。

露西分析,这个来自密尔国的投标商哈林很有可能

就是幕后凶手。这是因为他的作案动机很充分，那就是拿到伊奇国的输油管道项目，然后暗中帮助密尔国偷走地下的石油。

当然这是露西的推测，需要再看看第二份资料。第二份资料显示，这位投标商来自西方的米国，名叫比尔。米国是一个经济和军事实力强大的国家，一直对伊奇国的石油资源虎视眈眈。露西觉得这个比尔也很可疑，因为他是为了米国的国家利益来投标的，其目的是控制伊奇国的石油资源。

看着左右手的两份资料，露西一时间陷入两难的困境。这两个投标商从作案动机上来分析，都有可能是幕后的凶手。那么到底会是谁呢？她皱着眉头，不知道该从哪里入手。

"反正已经只剩下他们两个了，其中一个很有可能被另一个干掉，那个最后剩下的肯定就是凶手。"哈麦迪一边开车，一边说。

"正常推理肯定是这个结论，但是我觉得凶手没有那

么傻。"露西开始怀疑自己以前的判断了，"咱们能想到的，凶手一定也能想到。"

"你是说凶手不是这两个投标商之一？"哈麦迪有些迷糊了。

露西摇摇头："现在下结论还为时过早。但最起码有两种可能：第一种可能是凶手是两者之一，其中的一个必定会被除掉；第二种可能是凶手另有其人，下一个被害者是谁那就不好确定了。"

"咱们现在该怎么办？"哈麦迪问，好像现在他不是局长，而露西才是。

"派人同时监视并保护这两个人。"露西说，"只要是狐狸，尾巴肯定会露出来的。"

哈麦迪马上落实，派人二十四小时监视哈林和比尔的住所。这不仅仅是监视，同时也是保护。因为如果他们两个之中有一个是凶手，那么另一位一定是下一个受害者。

别看露西是个女生，干起工作来却非常敬业，丝毫

没有总统女儿的千金小姐姿态。从露西的判断来看，她对哈林的怀疑更多一些，毕竟密尔国和伊奇国的交恶由来已久。

密尔国虽然和伊奇国一样也是一个弹丸小国，但密尔国仍然是君主制国家。密尔国的最高统治者是国王，而王位会世袭给自己的后人。密尔国的国王野心勃勃，建立了强大的军队，向世界强国购买最先进的武器。

露西曾听父亲说，密尔国早就有侵略伊奇国的野心。正是由于这个原因，露西分析密尔国会想尽办法控制伊奇国的输油管道，以此来卡住伊奇国的经济命脉，为发动侵略战争做准备。

经过这番分析，露西对这个案件更加重视了，因为这很有可能关系到伊奇国的安危。她亲自率队蹲守在哈林的住所附近，希望能够找到有力的证据。当然，这只是露西一厢情愿的想法，而事态的发展也许会令她失望。

第五章

黑衣人

哈林在伊奇国的住所是郊区的一栋别墅。露西带领三名警员分别在这栋别墅的不同方向蹲守。露西坐在一辆黑色的小汽车里，手拿着望远镜悄悄地观察着哈林的住所。

在哈林的别墅对面是一片茂密的树林，露西的车就停在树林边缘。她自认为没有被发现，而实际上她早就被一个人盯上了。在哈林的住所里，一个黑衣大汉也在拿着望远镜朝露西的方向看。

哈林不是一般的商人，他是密尔国的首富，同时也是密尔国国王的亲属。这次来伊奇国进行投标，不仅是他个人的意愿，更是得到了国王的授意。密尔国的国王叮嘱哈林，不管花多少钱都要拿下这项工程。

根据国王的指示，在投标的时候哈林会不停地加价，

直到所有竞争对手知难而退。哈林知道拿到这项工程并不
是为了赚钱，而是为了能够掌握在石油控制上的主动权。

那个拿着望远镜正在监视露西的人是哈林的保镖。
哈林是个聪明人，早就调查清楚了有哪些人会参与投
标。可是，最近他发现那些准备参与投标的人竟然一个
接着一个地被暗杀了。这让哈林紧张起来，开始把自己
关在别墅里不去任何地方。保镖们奉命二十四小时保护
哈林。

露西在别墅对面观察了好几天，都没有看到哈林出
来过。越是这样，她越觉得哈林不正常，也就更加深了
对他的怀疑。

天色渐渐地黑了下来，露西并没有离开汽车。她在
这里已经待了整整五天，今天依然准备在这里过夜。

别墅灯光亮起，成为附近最显眼的地方。露西一只
手拿着望远镜，一只手往嘴里塞面包。一个人影出现在
窗帘后，露西不能确定那是不是哈林。她紧紧地盯着那
个人影，总觉得今晚会有什么事情发生。

一个面包不知不觉已经进入了肚子，露西打开一瓶矿泉水开始往肚子里灌。她这种吃苦耐劳的工作作风，真不像是总统家的千金小姐。就在露西把空水瓶扔到后排座位的时候，突然有一个黑影从望远镜中一闪而过。

露西赶紧移动望远镜去捕捉那个黑影，但是在茫茫的夜色之下，那黑色的影子早已不见了。露西立即通知在其他位置负责监视的那三个人，让他们加强监视，一旦发现可疑之人马上报告。

在夜色的掩护下，一个身穿黑色夜行衣的人来到别墅的围墙下。她掏出一个飞勾向上抛去，然后拉住绳子轻盈地爬上了围墙。她的面部被黑纱掩盖着，只留一双炯炯有神的眼睛在外面。

围墙上的碎玻璃对黑衣人根本构不成威胁，她的双脚可以轻松地站在这些尖锐的玻璃上而不被扎伤。黑衣人并没有急于跳下去，而是从口袋里掏出了一包白色的粉末朝院子里抛撒下去。

闻到白色粉末的气味，几条吐着舌头的大狼狗瞬间

昏迷过去。黑衣人这才飘然落地，几乎没有发出一点声音。她弯着腰，踮着脚尖，犹如一只夜行的老鼠。

有脚步声传来，黑衣人立即躲到了附近的一辆汽车后面。脚步声越来越清晰，有人正在朝她的方向走来。黑衣人屏住呼吸，只等那个人走到自己的身边。

朝这边走来的人是哈林的一个保镖，他负责在院子里进行巡视，以防有人趁着夜黑跑进来。来到越野车跟前，保镖停住了脚步。突然，一只纤细的手从背后袭来捂住了他的嘴。保镖本想反抗，可是还没抬起手来，便感觉到浑身无力，四肢发软，好像要瘫痪了一般。

黑衣人将瘫软下来的保镖塞到越野车下面。她的手中拿着一条手帕，刚才就是这个小小的手帕弄昏了保镖。原来，手帕上有一种医用的麻醉剂，捂住人的口鼻之后，通过呼吸系统，能瞬间让人失去知觉。

在半个小时之内，这个保镖是不会苏醒的。黑衣人放心大胆地朝别墅走去。她早就弄清楚了哈林住在哪间房里。黑衣人并没有走别墅的正门，而是绕到了楼后。

这栋别墅总共有三层，加起来高度不超过十二米。黑衣人从背包里掏出四个吸盘一样的东西，套在了手脚上。有了吸盘的帮助，她像一只壁虎那样，四肢紧紧地吸在墙壁上，快速地向上爬行。

爬到二楼的一扇窗户旁，黑衣人停止前进。她一只手从吸盘的套子里拿出来，从身体的一侧取出了一把锋利的军刀。这把刀的刀片很薄，很容易就插进了窗户缝里。只见黑衣人熟练地拨动了几下军刀，窗户便被她弄开了。

拉开窗户，黑衣人轻盈地跳进楼里。整个别墅的第二层一共有五个房间，其中阳面三个，阴面两个。哈林就住在阳面中间的那个房间里。本来黑衣人是不想冒险来别墅里暗杀哈林的，可是最近她根本看不到哈林外出，就连在别墅的院子里也见不到哈林的影子。

黑衣人也曾经试图在别墅外的适当距离进行狙击，但整栋别墅所有房间的窗户，无论白天还是黑夜，窗帘一直都是拉着的。黑衣人知道哈林已经提高了警惕，所

以要想按照以往的方法已经无法完成任务了。眼看着伊奇国的输油管道工程招标会在两天后就要举行，黑衣人不得不铤而走险。

哈林房间的门口站着一位彪形大汉，块头大得足可以把黑衣人装进去。黑衣人掏出一根竹管，然后往竹管里塞进一枚钢针。她将竹管的一端含在嘴里，另一端对准守在门口的彪形大汉。

"噗！"

很轻的一声响，就像吹灭生日蜡烛时发出的那种声音。那枚钢针已经从竹管中飞出，刺中了保镖。保镖面部抽搐了一下，身体向下倒去。

黑衣人上前一步，接住保镖的身体，这才避免他的身体倒在地上发出响声。黑衣人麻利地将昏迷的保镖拖到旁边的屋子里。然后，她从容地来到了哈林的卧室门前。

"嘭嘭嘭！"

黑衣人轻轻地敲了敲门，这是在投石问路。

"进来！"

　　屋内传来哈林的声音。黑衣人的脸上露出一丝狞笑，她知道自己马上就要得手了。黑衣人轻轻地推开门，哈林的背影出现在她的视线中。

　　"什么事情？"哈林头也没回，他以为是保镖有事情要向自己请示。

　　黑衣人冷冷地说道："要你的命！"

　　哈林一听声音不对，慌忙转过身来，只见一位纤瘦的黑衣蒙面人站在自己的面前。他顿时魂不附体，刚要站起身来，手枪却已经顶在了他的脑门上。

第六章

意想不到的结果

黑衣人摘掉面纱。哈林的瞳孔中印下了她狞笑的面容。黑衣人没再说话，当她再次戴上面纱的时候，哈林的头已经垂了下来。

是非之地自然不宜久留，黑衣人原路撤出了别墅。一辆越野车急速驶来，在别墅前的柏油路上紧急刹车。黑衣人正好跑到车前，拉开车门像影子一样钻了进去。

正在树林边缘监视哈林住所的露西看到了这一幕，猜测别墅里一定出事了。于是，她马上呼叫："全体注意，立即追击沿105号公路向东行驶的汽车。"

隐藏在附近的警车随即咆哮而出，朝向东行驶的越野车追去。露西也赶紧发动汽车从树林边缘开出来，驶入了105号公路。很快，哈林居住的别墅里跑出几个彪形大汉。他们是哈林的保镖。

"别让那辆车跑了。"一个大汉指着露西的车喊。

露西并没有听清那个人的喊声，只顾着加油提速，追赶前面的越野车。哈林的保镖们分别驾驶两辆汽车追来。他们发现哈林被杀后，竟然把露西当作了凶手。这是因为保镖们早就发现露西在监视哈林的住所，一直也在悄悄地监视着露西。他们没有想到的是，露西一直没有动静，可哈林却被暗杀了。

黑衣人乘坐的越野车开得快要飞起来了。驾驶者长着一张棱角分明的脸，他便是蓝狼军团中的布鲁克。

"美佳，今天的任务完成得太漂亮了。"布鲁克忍不住夸赞道。

美佳已经摘掉面纱，露出了庐山真面目。她有一个习惯，那就是一定会让死在自己手中的人见到自己的真面目，也许这是一种癖好。

"除了你，在蓝狼军团中没有第二个人，能如此轻松地完成如此冒险的任务。"布鲁克毫不吝啬地夸赞美佳。

得意写在了美佳的脸上。对于这项艰巨的任务，蓝

狼军团的其他成员没有一个愿意干，只有美佳在关键时刻挺身而出。

"后面有车追上来了。"美佳提醒道。

布鲁克一声冷笑："别担心，我早就料到了。"说着，他打开车窗向外扔了一个发烟手榴弹。

发烟手榴弹冒出汩汩的浓烟，就连汽车的大灯都无法穿透。两辆随后而到的警车丝毫没有减速，便开进了浓烟中。

"轰轰！"

这两辆警车连翻几个滚儿，相互撞到了一起，油箱燃起大火。原来，布鲁克投掷发烟手榴弹的地方是一个急转弯。这两辆警车在浓烟中根本没有发现这里是个急转的弯道，由于速度太快造成了翻车和碰撞。

露西驾驶的汽车随后赶到，她赶紧呼叫总部，请求派救护车前来救援。不过，露西并没有停车，她不会放弃追赶凶手的机会。

"后面还有一辆车在追咱们。"美佳说。

"给她点儿颜色瞧瞧。"布鲁克咬牙切齿地说。

美佳从后排座位上拿起一支步枪，从越野车的天窗上探出身子，朝着追赶的汽车连续射出几发子弹。

汽车的前挡风玻璃被射出好几个弹孔，露西慌乱地转动方向盘，惊出一身冷汗。露西驾驶的汽车在105号公路上画着弧线，但并没有降低速度。

"我看她真是不要命了。"美佳隐隐约约地看到后面汽车里的人是一位女生。

露西也没有想到自己会这样不要命地追赶嫌犯，也许是她继承了父亲敢于冒险的精神。

美佳不停地发射子弹，希望用密集的火力干掉这个不要命的女生。子弹击穿汽车玻璃，从露西的头边飞过，真是惊心动魄。

突然，露西感觉到汽车变得颠簸起来，车头总往一个方向偏。"见鬼！"露西气愤地大叫着。她知道这是因为汽车的一个轮胎已经中弹，所以才会变得难以控制。

泄气的轮胎令露西的汽车与布鲁克驾驶的汽车距离

不断拉大。这时，两辆汽车从后面追了上来，其中一辆超越露西的汽车，拦在了前面。后面的那辆汽车竟然直接朝露西的汽车撞来。露西感觉到一股强大的冲击力，身体猛地向前一栽，头狠狠地撞到了方向盘上。

"见鬼！"露西又大叫了一句，"这到底是谁？"她搞不清这两辆汽车是什么来路。

几个彪形大汉从前后的汽车里冲下来，拉开了露西汽车的门。其中一个人一把将露西从汽车里拽了出来。露西感觉到了对方强大的力量，根本无力进行反抗。

露西被大汉一只手拎起。她厉声质问道："你们是什么人？"

"是不是你杀死了哈林？"对方并没有回答露西的问题，而是反问道。

露西这才明白，原来这几个人是哈林的保镖，同时她也清楚地确定哈林已经死了。她急忙解释："你们搞错了，我不是凶手，而是警察。"说着，露西掏出了口袋里的警官证。

"你真的是警察？"保镖怀疑地问，"你为什么一直

在监视哈林的住所？"

"不是监视，是保护。"露西挣脱了保镖的大手，"我们怀疑有人要暗杀哈林，所以在暗中保护他。"说到这里露西无奈地摇摇头，"可没想到，他还是被杀了。"

"那凶手是谁？"保镖问。

露西指着105号公路的延伸方向说："就在前面的越野车里，我正在追赶他们，却被你们拦下来了。"

"快追！"为首的保镖大喊了一声。

保镖们坐进汽车，疯狂地沿着105号公路向前追去。露西看着自己这辆已经趴窝的汽车，自言自语道："追也没用了，他们早就没影了。"

露西的判断是正确的，哈林的保镖们向前追了几十公里，根本没有看到那辆黑色的越野车。他们甚至认为是露西欺骗了他们，准备返回去，找露西算账。

此时，布鲁克和美佳早已经撤到安全的地方。他俩真的要感谢哈林的那些愚蠢的保镖，要不是保镖们截住了露西，他们也不会如此顺利地逃走。

布鲁克早就选择好了逃跑的路线。他驾驶越野车从

105号公路驶离，进入了一片荒漠地，由于关闭了车灯，所以追来的人并没有发现他们。穿越这片几公里长的荒漠，布鲁克和美佳来到了另一条公路上。

警察局派来的救援车赶到了。露西坐进救援车里，她在思考一个问题：既然哈林已经被暗杀了，那么来自米国的投标商比尔的嫌疑就更大了。

哈麦迪局长带着几名警员一直监视着比尔的住宅。露西赶紧给哈麦迪打电话："局长，哈林已经被暗杀，比尔的嫌疑最大，你们一定要严密监视他的住所。"

"不用监视了。"哈麦迪有气无力地说，"比尔也被暗杀了。"

就在几分钟前，哈麦迪坐在汽车里打了一个哈欠。他对手下说："你把眼睛瞪大了，我先眯上一会儿。"

"局长，您就放心地睡吧！"哈麦迪的手下吹牛说，"别说是人，就连一只蚊子都别想逃过我这5.0的眼睛。"

哈麦迪毕竟是中年人了，在这里监视了一天，感觉到疲惫不堪，眼睛刚闭上便睡着了。

"砰！"

哈麦迪刚刚睡着，就被一声枪响惊醒了。他警觉地睁开眼："发生什么事情了？"

哈麦迪的手下结结巴巴地说："我……我也不知道。"

哈麦迪带着手下冲向比尔的住所。"警察，快开门！"他们使劲地敲着门。

门被一位老管家打开了。哈麦迪问道："比尔呢？"

老管家指着一间亮灯的屋子，哆哆嗦嗦地说："死……死了！"

当哈麦迪冲进那间屋子的时候，看到比尔的尸体躺在窗前的地面上。他的头部渗出一汪红色的液体。

就在此时，露西打来了电话。哈麦迪有气无力地回应了那两句话。此时，他的脑袋比谁的都大，因为本已逐渐清晰的系列枪杀案，如今又变得扑朔迷离起来。

听到哈麦迪的话，露西陷入了沉思。怎么会这样？比尔也被暗杀了！所有的投标人全部死于非命，那凶手究竟是谁？他这样做又有什么目的呢？原先的推断被无情的现实全部推翻，露西大脑一片空白，面对一团乱麻不知道该从哪里下手了。

第七章

半路袭击

伊奇国的机场，一架客机平稳降落。夕阳温柔的光洒在飞机跑道上，给人带来一种温馨舒适的感觉。

"睡神，下飞机了。"亨特捅了捅旁边的亚历山大。

亚历山大伸了一个懒腰："这么快就到了。"

"还快？都六个小时了。"詹姆斯拖着行李箱，"没看太阳都快落山了吗？"

红狮军团一行六人刚刚走出机场的三号出口，就看到一位女生在朝他们招手。

"秦天，你们终于来了。"露西兴奋地跑过去，给秦天来了一个大大的拥抱。

"露西，你一点没变，还是我印象中的样子。"故人相见，难免一阵热情的寒暄。

露西和秦天是怎么认识的呢？原来，秦天在雪豹突

击队服役的时候，曾经有半年和队友们一起在武当山学习太极，这是特种兵训练的一个新尝试。当时，露西也正在武当山学艺。

一个外国女孩在武当山练太极，是非常新奇的事情，所以很多人都主动找露西搭讪。露西性格开朗，跟谁都能聊得来。她一口流利的中国话，就是在武当山学艺的时候跟大家聊出来的。

秦天性格沉闷，不善于跟陌生人相处。所以，在露西的眼里，秦天是一个怪人。越是奇怪的人，你就越想多了解他，这是一种莫名其妙的心理。于是，露西主动接触秦天。后来，露西发现秦天这个人并不怪，因为他和熟悉的人也能天南海北地神聊。

没多久，人见人爱的露西就把秦天变成了自己的好朋友。他们一起在武当山度过了一段快乐时光。那段时光是秦天从孤儿院出来以后，最快乐的日子。

后来，秦天和队友们回到了雪豹突击队，也曾经和露西有偶尔的书信联系。再后来，秦天因为一次意外离

开了雪豹突击队之后，便再也没有和露西联系了。

露西通过秦天在雪豹突击队的队友，获得了他的联系方式，好不容易才联系到了秦天。朋友需要帮助的时候，秦天从不会拒绝，更何况他认为这是一次正义的行动。于是，秦天和红狮军团的战友们踏上了伊奇国的领土。

秦天逐个向露西介绍了红狮军团的成员。露西待人接物非常周到，令红狮军团的队员们感到非常亲切。

机场外，哈麦迪局长亲自开车来接机。露西向红狮军团介绍了哈麦迪局长。然后，他们分乘两辆车向市区驶去。

哈麦迪局长驾驶的汽车在前，车上坐着詹姆斯、亚历山大和朱莉。哈麦迪很健谈，一路上介绍沿途的风光和伊奇国的风土人情。汽车在快速公路上行驶，不同方向行驶的汽车被一条两米宽的隔离带分开。在反方向行驶的车道上，一辆黑色的越野车停在公路边的临时停车带上。驾驶位置坐着一个略显粗鲁的年轻人，他不耐烦地问："来了没有？"

"还没发现。"一个拿着望远镜的女生回答。

这两个人是雷特和艾丽丝，他们奉命在此执行一项秘密的任务。雷特一把夺过艾丽丝手中的望远镜："让我看看！"

艾丽丝懒得理他，抓紧时间把一颗颗子弹压进弹匣。然后，她端起枪，通过瞄准镜搜索目标。

"来了！来了！"突然，雷特兴奋地叫了起来，"目标十一点钟方向，距离两千五百米。"

艾丽丝立即转动枪口对准了十一点钟方向，果然发现了车牌号码为QX0010的汽车。在这辆汽车后面不足五十米，另一辆车牌号码为QX0011的汽车也进入了她的视线。这两辆汽车正是他们等待的目标。

"快通知布鲁克，猎物已经进入伏击区。"艾丽丝说。

雷特拿起车载电台的对讲话筒开始呼叫："布鲁克注意，猎物即将进入伏击区。"

"明白，这次咱们一定要把以前的耻辱洗刷得一干二净。"布鲁克狠狠地吐掉嘴里的口香糖，转过头对泰勒

说："做好狙击准备，猎物来了！"

泰勒冷冷地一笑："没有人能从我的枪下逃生。"

泰勒从汽车的天窗中探出头来，很快便观察到了车牌号码为QX0010和QX0011的两辆汽车。此时，这两辆汽车已经驶过了雷特和艾丽丝的位置，正在向着布鲁克和泰勒的汽车靠近。

通过狙击枪的瞄准镜，泰勒可以清晰地看到第一辆汽车驾驶位置的人。他开始通过瞄准镜的刻度计算目标与自己的距离，两千米还在有效射程之外，所以还需要再耐心等待一下。

布鲁克为泰勒担任观瞄手，他正在精心地测算影响射击的诸多因素，并向泰勒进行通报："迎风射击，风速6米每秒；目标高度1.75米，运动速度25米每秒……"

泰勒接收到数据，开始修正瞄准点的位置，并静静地等待目标进入最佳射击距离。

"距离600米，550米，500米！"布鲁克通报着数据。

"砰！"

在五百米的距离，泰勒果断地扣动了扳机，子弹旋转着从枪口喷射出去，飞向第一辆汽车的驾驶员。

在瞄准镜中，泰勒清楚地看到子弹击穿了挡风玻璃。然后，他看到驾驶员趴在了方向盘上。那辆汽车瞬间失去控制，高速撞向隔离带。中弹的人是哈麦迪。失控的汽车连续翻滚，最终四脚朝天停在了公路上，但四个轮子还在不停地转。

虽然在碰撞中詹姆斯、亚历山大和朱莉都不同程度地受伤，但是他们的头脑却保持着清醒。詹姆斯按下车窗玻璃的升降按钮，车门玻璃降了下去。真是谢天谢地，汽车的电路系统竟然还能照常工作。

三个人从车窗中爬出来，但并没有站起来，因为那样等于送死。他们紧贴着地面，躲在隔离带的植物丛后。此时，后面的那辆汽车也失去了控制，正在公路上横冲直撞。

露西的双手紧紧握住方向盘，右脚间歇性地踩着制动踏板。她驾驶的汽车被子弹从后面击中了轮胎，所以

才会失去控制。

"快把头低下！"秦天一把按下了露西的头，同时另一只手拉起了汽车的手刹。

"砰！"

就在这时，一颗子弹击穿了玻璃，紧贴着露西的头顶飞过。露西的一缕金发被击断，飘舞在空中。

"快下车！"

秦天率先推开车门，压低身子跳了下去，并在公路上连续翻滚。一辆急速驶来的大货车从他的身边呼啸而过，差点酿成一场惨剧。

第八章

一个好警察

　　蓝狼军团对红狮军团前后夹击，令已经跳下车的红狮军团没有还击的机会。确切地说，他们是没有还手的能力。由于乘坐民航飞机而来，红狮军团根本没有携带武器。现在，只有露西拿着一把手枪，而手枪的有效射程不过百米，根本无法攻击到远距离的蓝狼军团。

　　"总部，总部，我们在机场回市区的路上遭到不明武装分子袭击，请求支援。"露西现在能做就是呼叫警察局派人来支援。

　　伊奇国的警察从来没有遇到过这么棘手的案件，平时他们的工作无非是处理一些类似打架和邻里纠纷这样的事情。一时间，警察局乱作一团。最终，在副局长的带领下，十几辆警车发出嘶鸣声，朝机场公路驶来。

　　詹姆斯好不容易才把哈麦迪从驾驶位置拉出来，本

想对他进行急救，可发现他已经没有了气息。露西看到躺在地上一动不动的哈麦迪，情绪突然失控，起身朝前面跑去。

秦天纵身跃起，将露西扑倒："你不要命了！"

"局长……局长他怎么了？"露西的声音在颤抖。

"他只是受伤了，不会有事的。"秦天安慰道。

露西不信，挣扎着向哈麦迪的方向爬去。秦天见无法阻拦，只好陪着她一起往前爬，时刻提醒露西注意子弹。

"哒哒哒——"

枪声一直没有停止过，子弹落在红狮军团的身边，将柏油马路击出了一个个弹坑。一辆辆驶来的汽车停下来，司机弃车而逃，马路上变成了停车场。

有汽车被子弹误中，油箱起火，随时都有爆炸的危险。布鲁克认为情况不妙，担心马路拥堵以后，令他们无法撤离，所以命令道："立即撤退！"

"收到！"

另一辆汽车上的雷特回答。他立即挂上一挡，一脚

油门轰到底，汽车撕心裂肺地咆哮着向前冲去。艾丽丝坐回到车里，吹了吹发烫的枪管说："今天，总算让那些可恶的红狮军团特种兵尝到苦头了。"

雷特摇摇头："只可惜，没有把他们都干掉。"

"局长，局长，你醒醒呀！"此时，露西已经爬到哈麦迪身边，正在抱着他痛哭流涕地大喊。

秦天用袖子擦去哈麦迪脸上的血迹，轻声说："不用喊了，他已经死了。"

"不！不可能！"露西像疯了一样，"再有不到半年，他就要退休了。他不能死。"

秦天抱住露西，将她从哈麦迪局长的身边拉开，大声吼道："露西，你听我说，局长真的死了。你要接受这个事实。他是一个好警察。"

露西泪流满面地看着秦天。在伊奇国，警察四十五岁就可以退休，这是全世界最好的福利。露西记得局长跟她说过，等到退休后他要带着妻子环游世界，第一站就是到中国。可是现在，哈麦迪走了，是那些可恶的匪

徒夺走了他的生命。露西发誓一定要找出凶手，给哈麦迪报仇，让伊奇国的国民重回到幸福安宁的生活。

路上的汽车开始开动起来，红狮军团站在隔离带旁，个个义愤填膺。他们没想到刚刚踏上伊奇国的土地，就遭到了莫名的袭击。这到底是谁干的呢？

在来伊奇国之前，露西曾向红狮军团简要地介绍了情况。根据露西所说的情况，红狮军团认为伊奇国发生的系列枪击事件和输油管道的招标工程有关，应该是竞争对手雇佣杀手进行了一系列暗杀活动。可是，从今天发生的事情来看，伊奇国发生的系列枪击事件绝没有那么简单。如果只是单纯的商业竞争，作案者没有必要袭击警察，更没有必要去袭击红狮军团。

亨特冥思苦想，认为这些事件联系到一起可以初步判断，系列枪杀案的背后一定隐藏着什么惊天的阴谋，搞不好会是一场暗潮汹涌的政治斗争。

"露西，我有一件事情要问你。"亨特说。

露西强忍悲伤，抬头看着亨特。

"伊奇国有没有反政府武装？"

"没有！"露西回答得很坚决。

亨特皱着眉头，如果没有反政府武装，那又有谁会如此猖狂地袭击警察呢？

"那伊奇国有没有反对党？"亨特又问。

露西想了想说："在伊奇国一共有三个政党，通过竞选来选举总统，每个政党在议会中都有相应的席位。在历次的大选中，各个政党推出的候选人都曾经担任过国家元首，所以没有必要通过武装来解决政见的分歧。"

既然伊奇国没有反动武装，也实行民主选举制，那么到底是谁在雇佣杀手袭击政府的警察呢？看来，要想弄清楚来龙去脉，还要进行细致的调查。

警察局派来的救援人员赶来了。红狮军团和露西乘坐一辆双排座警车返回警察局，而其他的警察则留下来处理现场。

这个时候，蓝狼军团已经按照事先计划好的路线，撤退到了安全地点。他们很兴奋，因为对他们来说，这

是一场扬眉吐气的战斗。在以往与红狮军团的作战中，他们输多赢少，受尽了耻辱。今天，他们预先设伏，把红狮军团打得措手不及，出了憋在心头的一口恶气。

对于蓝狼军团来说，即使这次行动没有人给他们佣金，他们也愿意全力以赴。更何况，他们已经拿到了一笔数额巨大的佣金！雷特总是满意地说，伊奇国就是有钱，帮伊奇国的雇主做事拿到的佣金比以往要多几倍。不过，有一点到现在他们也没有弄清。那就是，他们始终不知道谁是真正的雇主。在每次接到任务之前，大笔的佣金都会提前打到他们的账户里。至于执行什么任务，雇主都是通过互联网发送电子邮件来告知的。

蓝狼军团从不关心是谁在雇佣他们，也不关心所做的事情是对是错，他们只关心拿到的佣金是多是少。对于这次行动的佣金，每个人都很满意。

到达市区后，红狮军团没有休息，而是立即展开了调查。他们要做的第一件事就是验尸。虽然死人不能开口，但是他们身上会隐藏着凶手的信息。

第九章

眼中的影像

停尸间里，齐刷刷地躺着五具尸体，他们都是系列枪击案的受害者。露西捏着鼻子，一股股刺激性的液体从胃里向上返，几次差点吐出来。

秦天掀起盖在尸体上的白布，一张惨白、塌瘪的脸出现在面前。露西介绍道："这是第一个被狙杀的人，是来自图斯国的招标商，被狙杀的时候正在逛街。"

亨特仔细地观察着死者的伤口，子弹是从后脑射进去的，口径为7.62毫米，是一枚通用型步枪子弹。死者闭着眼，嘴巴微张，好像有什么话要说。经过仔细检查后，亨特并没有发现什么有用的线索。

接下来几具尸体的检查仍然是一无所获，直到检查到了哈林的尸体，红狮军团才发现了令人兴奋的线索。哈林的尸体与前面几具不同，他的眼睛是睁开的，而且瞳孔极

度放大，好像要把什么东西牢牢地印在眼睛里。亨特将强光手电筒对准亨特的瞳孔，拿起放大镜仔细观看。

"他的瞳孔里有一个人的面孔。"亨特说。

露西急迫地问："是谁？"

"图像太小，根本看不清楚。"亨特说，"但是，我敢确定那一定是死者最后看到的人。"

"哈林是在他的卧室里被杀的。"露西开始介绍案情，"当时有一个人潜入了哈林的住所，在哈林的卧室里近距离枪杀了哈林。"

劳拉肯定地说："这样说来，哈林最后见到的人一定就是凶手。所以，他才会惊恐万分，瞳孔无形中放大，将凶手的样子印在了眼睛里。"

"从生物学的角度分析，这种现象完全有可能。"秦天转头问露西，"麻烦你找到伊奇国最顶尖的光学专家，请他将哈林眼中的影像还原出来。"

露西马上想到了一个人，那就是国立大学的马里诺教授。她立即动身，亲自去请马里诺教授。很快，马里

诺教授带来了专业的影像还原工具。教授让露西把停尸间里所有的灯都关闭。当灯关闭之后，停尸间里变得更加阴森恐怖了，露西感觉这里比地狱还可怕。

马里诺教授将一个光线微弱的手电筒交给离自己最近的劳拉，让她帮忙照着哈林的脸。劳拉按照马里诺教授的吩咐去做，却不敢去看那张聚光灯下的苍白脸庞。

一个黑色的罩子被马里诺教授扣在了哈林的脸上，然后他对劳拉说："把手电关了。"

手电关闭，停尸间里变得一片漆黑。突然，露西感觉到有一只手搭在了自己的肩膀上。她吓得毛骨悚然，差点惊声尖叫，这时有人在耳边说："露西，你说马里诺教授要做什么？"

"秦天，你吓死我了。"露西长出一口气，"我也不知道教授在做什么。但是，他是伊奇国最厉害的光学专家，相信他一定有办法。"

"咔嚓！"

正说着，一声清脆的快门声响起，黑暗的停尸间里

闪起一道强光，刺得人睁不开眼睛。强光过后，大家睁开眼睛，而眼前变得更加黑暗了。

"可以开灯了。"马里诺教授说。

劳拉打开手电筒，停尸间里立刻充满了柔弱的光线。其他人分头打开了墙壁上的几个开关，明亮的光线瞬间使这里充满了阳气。

"教授，怎么样？"亨特靠过去问。

马里诺教授点点头："应该没问题，我把胶片带回实验室。明天上午你们来找我。"

听了教授的话，大家感觉到轻松了很多。只要马里诺教授能还原出哈林眼中的人物照片，找到凶手就不是难事了。

"教授，真是太感谢你了。"露西帮马里诺教授拿着东西，"我送您回去。"

"我也跟你去。"秦天紧跟上来。

走出停尸间，亨特带领其他人到警察局安排的公寓休息了。他们自从来到伊奇国，还没有休息片刻呢，此

时真的是感觉到有些疲惫了。

秦天没有上过大学，所以每次经过大学校门的时候，都会羡慕地往里面看几眼。来到伊奇国的国立大学，看到大学生们有说有笑地走在校园里，秦天羡慕不已。

"如果我能在这里学习多好呀！"秦天情不自禁地感慨道。

露西了解秦天的成长经历，所以能看出秦天的心思。她对秦天说："伊奇国的国立大学随时向你敞开校门。等完成了这次任务，我就向总统提议，破格录取你。"

"真的？"秦天的眼中闪烁着一种叫作泪的透明液体。

"当然，我说话算数。"露西很有把握地说，"要是我做不到，你可以随便处置我。比如，罚我做你的奴隶都行。"

"我当然相信你。"秦天感激地看着露西，"你什么时候说话没算数过？"

光学实验室在物理系大楼的第六层。秦天和露西一直把教授送到实验室里才离开。刚刚走出物理系的大楼，秦天突然停住了脚步。

"你怎么不走了？"露西迷惑地看着秦天。

秦天抬头看着六层那间亮灯的实验室："你先走吧！我想留下来。"

"我不是答应你了吗？"露西以为秦天舍不得离开大学校园，"我保证不久你就会在这里学习。"

秦天微笑着摇摇头："我不是为了这个。我是担心马里诺教授的安全。"

"对呀，我怎么没想到呢！"露西一拍脑门。

秦天的担心不无道理。红狮军团刚刚到达伊奇国就遭到了袭击，这说明敌人在暗中监视警察局的一举一动。今晚，露西将马里诺教授带到停尸间，然后又将他送回实验室。如果秦天没猜错的话，他们的举动已经被敌人观察到了。现在，倘若秦天和露西离开，马里诺教授很可能陷入危险之中。

秦天的分析完全正确。此时此刻，有两名青春靓丽的女大学生坐在树下的一张长椅上，正悄悄地盯着露西和秦天。这两名女大学的手里各拿着一本书，不过那只

是她们掩人耳目的道具。在她们的身边放着一个双肩包，那里面藏着两把手枪。

女大学生的书包里怎么会有手枪呢？原因很简单，因为她们根本就不是国立大学的学生，而是乔装打扮的凯瑟琳和美佳。

这两个人没有参加截击红狮军团的行动，就是因为她们在负责监视警察局的动向。当她们看到露西把马里诺教授接走以后，便一直在暗中跟踪。现在，她们准备在秦天和露西走后，潜入马里诺教授的实验室，看看马里诺教授在帮红狮军团做什么。

露西和秦天全然不知，凯瑟琳和美佳就坐在他们附近。露西决定也留下来，两个人坐在物理系大楼前的草坪上，静静地看着亮灯的光学实验室。

第十章

可疑的身影

物理系的大楼只有正面的一个入口，秦天和露西坐在门前的草坪上，时刻观察着进出大楼的人。

国立大学是一所自由开放的大学，这里就像是长满了"知识树"的森林，而学生们则如同展翅飞翔的鸟儿，可以自由地在知识森林里学习和生活。虽然已经是初夜，但国立大学里却依然充满了活力。各种社团的活动或在教室里，或在路灯下的广场上进行着；喜欢钻研的同学抱着厚厚的书籍刻苦钻研；忙碌的教授和科研人员在挑灯夜战，攻克科学课题。

随着夜色越来越深，从物理系大楼里走出来的人越来越多，而进去的人则越来越少。两个戴着长舌帽的女学生，并肩朝物理系大楼里走去。秦天自始至终在盯着大楼的入口，这两个女生自然也不会逃出他的视线。

不知道为什么，秦天感觉到这两个女生和其他的学生有些不同。至于区别在哪里，一时间他也说不出来。正在他皱眉思索时，两位女生已经走进大楼，背影消失在秦天的视线之中。

突然，秦天眼睛一亮，终于找出了这两个女生的不同之处。在国立大学，秦天无意中发现几乎所有的女生都穿着黑色的裙子，而脚上则穿的是一种布料的鞋子。这种穿着打扮的方式是和伊奇国的宗教信仰有关的。可是，刚才那两位女生所穿的并不是黑色的裙子，而是紧身的长裤，脚上的鞋子也不是布鞋，而是运动鞋。特种兵天生敏锐的洞察力告诉秦天，这两个女生必定不属于这里。

"快跟我上去！"秦天像弹簧一样从地上弹起来，如同离弦之箭奔向物理系大楼的入口。

露西不知道发生了什么，紧张地跟在后面。进入大楼的门厅，电梯正在向上运行，秦天连续按了几下电梯的按钮，心里忐忑不安。

　　"露西你坐电梯，我走楼梯。"秦天已经等不及了，生怕马里诺教授发生危险。

　　说完，秦天顺着楼梯向上跑去，身影很快消失在露西的视线中。露西看着楼梯的显示数字在不断变化，缓慢地向下运动，心里也是躁动不安。电梯终于停在了一楼，门向两侧移开，里面站满了人。

　　每晚十点三十分，学生们必须离开物理系的大楼，而教师和科研人员可以继续在这里加班。现在的时间已经接近规定的时限，所以学生们开始向外走。

　　看着电梯里的人不紧不慢地向外走，露西恨不得把他们拽出来。人还没有下完，露西便迫不及待地挤了进去。她迅速地按下了六层的按钮，电梯开始向上运行。

　　可恶的是，电梯每运行一层几乎都会停下来。不停有人加入电梯中，当运行到第六层的时候，最少已经过去了一分钟。这一分钟对于普通人来说，简直可以忽略不计，但是对于特种兵或者警察来说，这一分钟有可能决定一个人的生命。

露西夺门而出，直奔马里诺教授的实验室。门是紧紧关闭着的，露西的心脏都快跳出来了，没有敲门便直接撞了进去。

马里诺教授手里拿着一个透明的玻璃杯，吃惊地看着露西："你怎么了？"

"教授，你没事吧？"露西上下仔细地打量着马里诺教授。

"我能有什么事？"马里诺教授继续向前走去，将透明玻璃杯里的蓝色液体倒入了更大的器皿里，与其他几种溶液进行混合。然后，他抬头看着发愣的露西："我看，你倒像是出了什么事。"

露西用力地晃了晃脑袋，这才发现秦天还没有到达实验室。秦天不是沿着楼梯跑上来了吗？区区六层的高度，这个时间秦天早就应该到了呀？

"教授，秦天来过了吗？"

马里诺教授摇摇头："你们不用在这里等了，实验结果最快也要等明早才能出来。"教授抬头看了看挂在墙上

的钟，"今晚，我就睡在实验室，因为半夜还要向胶片里添加几种显像剂。"

露西从教授的实验室里退出来，轻轻地将门关上，但是并没有走远。露西坐在走廊里的椅子上，决定就在门口守着。

此时，秦天已经冲出国立大学的校门。他看着那两个女学生模样的人乘坐一辆汽车消失在夜色中。

"这两个人一定跟枪击案有关。"秦天无奈地摇摇头，自言自语道。

秦天为什么会出现在这里呢？这还要从秦天急匆匆地向楼梯上跑时开始说。当时，为了能够拦住那两个可疑的女生，秦天沿着楼梯疾奔上了六楼。但是，当电梯打开后，那两个女生并没有出现。

以秦天的经验判断，那两个可疑的女生已经发现他了，所以中途下了电梯。特种兵的直觉往往是准确的，因为这种直觉来源于千百次的实战经验。那两个可疑的女生就是美佳和凯瑟琳，她们本想混进大楼，进入马里

70

诺教授的实验室。当美佳和凯瑟琳进入电梯后，就在电梯门即要关闭的一刹那，秦天的脸庞清晰地映入她们的眼帘。美佳和凯瑟琳发现秦天和露西跟了进来，便决定改变计划，立即撤出国立大学。

她们之所以这样做出于两个因素考虑：其一，秦天的厉害她们是领教过的，所以不想和他发生正面交锋；其二，到目前为止，无论是伊奇国的警察，还是红狮军团都没有发现蓝狼军团是枪击案的凶手，甚至，他们并不知道蓝狼军团也在伊奇国。她们可不想因为冒失的行动，暴露了蓝狼军团的踪迹。

出于这两个原因，美佳和凯瑟琳在第三层就从电梯里出来了。她们并没有急于从楼梯下去，因为那样也许会和秦天正面相遇。所以，美佳和凯瑟琳等电梯向下运行之后，又乘坐电梯返回到了一层。

当电梯停止在一层的时候，她们就混在人群中，而露西则站在门外。露西并不认识她们，再加上当时露西着急挤进电梯，所以根本没有注意到从电梯里走出来的人。

　　从电梯里溜出来的美佳和凯瑟琳，急匆匆地向校外走去。当她们来到国立大学的门口时，秦天才刚刚追出物理系的大楼。当秦天追到大学的门口时，只看到了美佳和凯瑟琳进入汽车的背影。

　　由于美佳和凯瑟琳使用了易容术，再加上她们是一身学生装的打扮，秦天并没有从背影认出她们。虽然，秦天没能认出美佳和凯瑟琳，但是他判断这两个可疑的女学生一定和枪击案有关。

　　秦天担心马里诺教授的安危，也就没有再去追美佳和凯瑟琳。他一边急匆匆地往回返，一边拨打露西的电话。可奇怪的是，露西的电话一直打不通，秦天更加忧虑了。他想，难道自己真的中了敌人的调虎离山之计？那样的话自己可就太蠢了。

第十一章

影像再现

　　露西在实验室外的走廊里，正在拨打秦天的电话。电话里传来的是一阵忙音，秦天的电话处于占线状态。秦天去哪儿了呢？他会不会遭遇了敌人的攻击？或者去追赶敌人了？露西也在为秦天担心。

　　电梯停在六楼，门缓慢地打开，秦天从电梯里走了出来。露西的眼睛一亮，快步迎了上去。"秦天，你不是从楼梯上楼了吗？"她疑惑地问。

　　秦天把刚才发生的事情跟露西说了一遍。露西听完觉得自己真的是太没经验了。她猜那两个可疑的女生一定是从自己的眼皮底下溜走的。

　　"刚才你的电话一直打不通，我还以为你出事了呢！"露西清澈的眸子看着秦天。

　　秦天拿手机在露西的面前一晃："我也在给你打，所

以……"

两个人相视一笑，并排坐在楼道里的长椅上。今晚，他们决定就这样守在实验室的门口。连日来露西为了破获枪击案，根本没睡过一个踏实觉。她坐在椅子上，靠着墙壁，头不停地向一侧歪。在头猛地向下一点后，露西惊恐地睁开眼睛，然后用力摇着头，尽量让自己变得清醒。

"你睡一会儿吧！"秦天轻声说，"反正我不困，两个人都睁着眼完全没有必要。"

露西实在是困坏了："那好吧，我先睡一会儿，然后你再睡。"

秦天笑着点点头。露西安心地闭上眼睛，头慢慢地靠到了秦天的肩膀上。这个天然的枕头应该很舒适，因为露西一直睡到天亮都没有醒。

秦天就这样一动不动地坐了整整一晚。当露西醒来的时候，秦天还像一尊雕塑那样端坐在那里。

"天都亮了，你怎么没叫我呀？"露西既埋怨又充满

歉意地说。

"你睡得挺香，而我又丝毫没有困意，所以就没叫醒你。"秦天站起来，伸展着四肢。

"骗人！你怎么可能不困呢？"露西觉得自己太过分了，竟然让请来给自己帮忙的人守了一夜，而自己却呼呼地睡了整晚。

秦天岔开话题："你去给马里诺教授买一些早点吧！"

露西乘电梯下楼，到大学的食堂里去给马里诺教授买早点。这所大学的每个角落露西都很熟悉，因为她曾在这里学习和生活了四个年头。

露西刚走，实验室的门就打开了。马里诺教授一开门便看到了站在楼道里的秦天。他吃惊地问："这么早你就来了？"

"是昨晚就没走。"秦天说。

马里诺教授很抱歉地说："早知道你昨晚没走，我就叫你到实验室里一起睡了。我的助手就经常这样。"

"谢谢教授！"秦天笑着说，"我更愿意在楼道里睡，

因为受不了实验室里那股化学药水的气味儿。"

"哈哈哈！"马里诺教授开怀大笑。

"你快进来吧！"教授敞开门，"结果马上就要出来了。"

秦天一下子变得兴奋起来，迫不及待地想看到结果。马里诺教授把一张浸泡在药水里的胶片取出来，只剩下最后一道程序就可以得到真相了。

教授进入一间暗室。秦天则在实验室里静静地等着。没多久，露西拎着三个人的早点回来了。秦天小声地说："结果马上就要出来了。"

露西既兴奋又紧张，这个结果她已经等得太久了。她想如果早几天把红狮军团请来，也许就不会发生这么多命案了。

暗室的门打开了，马里诺教授的头先探了出来，紧跟着是他那比例不太协调的身体。秦天和露西紧盯着教授手里的一张彩色照片。没等教授走过来，两个人已经冲到他的跟前。马里诺教授将彩色照片摊在两个人的面前。

"原来是她！"秦天一眼便认出了照片上的人。

"她是谁？"露西看着照片。

"我们是老对手了。"秦天冷冷地说，"她是美佳，蓝狼军团的成员。"

露西也听说过臭名昭著的蓝狼军团，但是她想不通，伊奇国一向与世无争，怎么会招惹到邪恶的蓝狼军团呢？

"你不了解这些人。"秦天看出了露西的迷惑，"他们不是因为仇恨而去战斗，也不会为了维护正义而走上战场。"

"那他们为了什么去战斗？"露西问。

秦天答道："钱！贪婪的、永无止境的欲望。"

"这样说来，蓝狼军团是被人雇佣才杀害这些投标商的，而他们本身和这些人并没有仇。"露西分析道。

秦天点头："以我对蓝狼军团的了解，他们的背后一定有一个阴谋的主使者，所以找到这个幕后黑手才是关键。"

谢过马里诺教授，秦天和露西立即返回警察局的公寓和其他人会合。他们没有想到千里迢迢来到伊奇国，

遇到的敌人竟然还是老对手——蓝狼军团。

露西让警察局送来了伊奇国最先进的单兵作战武器，现在红狮军团不再是手无寸铁的勇士。既然已经确定是蓝狼军团在兴风作浪，那么红狮军团首先要找到他们的藏身之处。这样才能通过监视或者监听，找到幕后的黑手。

哈麦迪局长死后，总统任命露西全面负责枪击案的调查。当然，所有的警察都不知道露西是总统的女儿。他们只知道这个年轻的女警官很敬业，很能干。

伊奇国虽然不大，但是露西把警察局的人全撒出去了，还是不够用。他们进行撒网式搜查，几乎找遍了伊奇国的每一个角落，结果却一无所获。

蓝狼军团自从那天袭击了刚刚到达伊奇国的红狮军团之后，就再也没有出现过了。红狮军团召开了一个紧急会议，商议该如何找到蓝狼军团。

亚历山大把狙击枪往桌子上一放，瞪着牛眼说："咱们就是掘地三尺，也要把他们挖出来。"

朱莉用略带嘲笑的口吻说："那么多警察都搜索不到

他们，就咱们几个人去找，那还不是大海捞针呀！"

"我同意朱莉的观点。"亨特说，"找不如等。"

"等？就在这里守株待兔吗？"詹姆斯有些迷惑。

亨特进一步说："如果蓝狼军团已经完成了任务，他们肯定会离开伊奇国。所以，我们让露西派警察秘密地在机场守候；如果他们还没有完成任务，那么势必会在蛰伏一段时间后再次出动。"

"谁知道他们会在什么时间什么地点出现。"詹姆斯不同意亨特的观点。

秦天插话道："据掌握的资料分析，蓝狼军团的行动跟伊奇国的输油管道工程有关。由于前期的投标商都被暗杀了，所以招标会已经推迟到下周三。为了确保投标人的安全，这次参与投标的商人名单是绝密，所以我预测蓝狼军团会在那天出动，狙杀投标商。"

听了秦天的分析，其他人频频点头。于是，他们决定在下周三的投标大会时，狩猎蓝狼军团。

第十二章

平安无事

　　露西派人在机场严密监视每天出境的人员，防止蓝狼军团逃离伊奇国。红狮军团则对石油总部周围的环境进行侦察，分析蓝狼军团可能会在哪里出现。

　　石油总部的大厦位于伊奇国城市中心偏东南的位置，大厦处于十字路口的交会点。对于城市作战来说，这种地理位置是最难应对的，因为敌人可以从不同的方向出现，同样可以选择更多的路线逃跑。

　　露西曾经到石油总部去找密斯特部长，希望可以拿到这次招标会上参加投标的商人名录，但是遭到了拒绝。总统有命令，这份名单是绝密文件，在招标会开始之前，绝不能让除总统和部长之外的任何人看到。

　　虽然露西是总统的女儿，但是她也没有看到名单的权利。所以，在下周三正式开会之前，红狮军团绝不可

能知道投标商是谁。既然红狮军团得不到名单，蓝狼军团自然也无法得知，于是下周三上午便很可能成为决战时刻。

周三的早晨，红狮军团混在人群之中，悄悄地分散在石油总部大厦的不同方向。露西获得了总统的特批，带领秦天和劳拉进入石油总部的会议厅。来自世界各国的重要媒体的记者齐聚会议厅，准备见证这一重要的时刻。

伊奇国的这项输油管道工程本来并没有受到如此高的关注度，只因为前一段的枪杀案才使它成了全世界关注的焦点。这些来自各国的记者并不是想看谁会得到这项工程的开发权，而是想看今天的招标会上会不会有什么爆炸性的新闻出现，比如一个新的枪击案。

秦天和劳拉的胸前各挂着一个记者证，所以他们轻松地混到了最前排的位置，可以更清楚地看到招标现场的活动。露西带着几名警察分散在会场的不同位置，警觉地观察着进入会场的每一个人。

虽然这些进入会场的人都是经过严格审查的，但是

秦天仍怀疑杀手可能会混在其中。他让劳拉帮自己占着座位，然后朝卫生间走去，那里最可能隐藏着事先溜进来的人。

秦天仔细地检查了男卫生间的每个角落，并未发现可疑的人或物品。此时，他的耳机里传来亨特的声音："秦天，你那里的情况怎么样？"

"一切正常。"秦天又低声问，"你那里呢？"

"今天街上的人很多，车辆有些拥堵。"亨特说。

亨特和亚历山大坐在一辆黑色的轿车里，观察着石油总部大厦的入口。在十字路口的另一侧，詹姆斯和朱莉站在报刊亭前假装看报纸，其实却在留意着来往的车辆和行人。

一个看似平静的清晨，在暗中却充满了杀机。在阳光照耀不到的角落里，罪恶在不断地滋生，等到罪恶的势力足够强大，他们很有可能遮蔽阳光，使世界笼罩在黑暗之中。

在招标会开始前五分钟，来自各国的投标商奇迹般

地出现了。秦天和劳拉根本就没有看到他们是从哪里走出来的。招标会议开始，由石油部长密斯特主持会议。在会议之前，各个投标商早已拿到了相关的规范文件，现在他们只需要报出自己的投标价格。

"我们公司的投资报价是五十亿美元，并且每年向伊奇国政府缴纳十亿美元的税款。"来自巴斯国的投标商第一个报价。

"哇！真是大手笔。"第一位商人的报价就已经让记者们连声赞叹了。

这只是竞标大会的开始，来自乌拉尔国的投标商站起来："我们计划投资八十亿美元，每年向伊奇国政府缴纳二十亿美元税款。"

"我们出一百亿。""我们出一百五十亿"。"我们出两百亿。"……

投标商展开疯狂的出价大赛，眼看着竞标的价格直线上涨，一时间还没有停下来的趋势。劳拉心想，看来伊奇国的石油资源真是一块大肥肉，要不然也不会有这

么多国家的商人冒着危险，出这么高的价码来竞标。

　　商人们还在不停地加价，秦天并没有心思听他们的叫喊声，只是不停地观察着会场里的情况。会场里的人向麻雀一样叽叽喳喳地议论着，他们都在猜测谁是最后赢家。

　　"我出价三百亿美元，并且每年向伊奇国上缴一百亿美元的税款。"来自高卢国的商人大声喊道。

　　这个出价令所有的人都惊呆了。三百亿美元的投资，还要额外每年拿出一百亿美元交给伊奇国的政府。这简直是个天文数字，对于伊奇国这样一个人口不足百万的小国来说，即使国民每天躺在家里睡觉，这些钱也足够他们用的了。

　　"还有没有人给出更高的价格？"密斯特部长问。

　　会场一片沉默，开始进入倒计时阶段。10，9，8，7……

　　"现在我宣布，伊奇国的输油管道工程将由来自高卢国的商人萨克米所代表的公司来开发。"密斯特部长高声

宣布。

现场一片哗然，这条新闻立刻由记者通过互联网发布出去，全世界的人们几乎在同一时间获知了这一结果。

竞标结束之后，密斯特部长和来自高卢国的萨克米开始签署正式的合同。闪光灯噼里啪啦地闪起，晃得人睁不开眼睛。秦天和劳拉悄悄地撤到一旁，仔细地观察着这些摄像机和照相机。

在特种作战中，有很多奇特的杀人工具，它们往往伪装成照相机、钢笔、雨伞、纽扣等一些意想不到的东西。秦天和劳拉担心这些记者中混有杀手，而那些对准主席台的相机很可能就是经过伪装的武器。

结果令秦天和劳拉有些意外，签字仪式结束了，来自高卢国的萨克米和伊奇国的密斯特部长都还完好无损。难道这场竞标大会就这样平安无事地结束了吗？

"秦天，会场里情况如何？"在外面的亨特问。

秦天悄声说道："竞标会已经结束，一切正常。"

"有没有搞错？"亨特失望地说，"咱们不会白忙乎

了一场吧？"

"少安毋躁，也许更好的戏在后面呢！"秦天一边说，一边随着人流向外走去。

招标大会顺利结束，密斯特部长长长地出了一口气。他和参加招标大会的商人一起向外走，记者们则跟在后面。按照日程安排，石油总部要在国际酒店召开答谢会，宴请所有的投标商和前来采访的记者。

密斯特部长和高卢国的萨克米走在最前面。他们有说有笑地走出石油大厦的门口。灿烂的阳光照耀着他们，增添了几分喜庆的气氛。一辆高级防弹汽车开过来，准备拉着他们去国际酒店。

在进入汽车之前，密斯特和萨克米站在石油大厦的门口握手合影，让全世界见证这一伟大的时刻。可是，他们也许不知道，全世界在下一刻将见证的是悲惨的一幕。

第十三章

狙杀中标者

一条死亡十字线已经锁定了来自高卢国的萨克米，而他却毫无察觉。

"希望咱们能够合作愉快！"密斯特部长紧紧地握着萨克米的手。两个人站在台阶上，居高临下，正面对着来自全世界的媒体记者。

阳光照射不到的暗处，一张邪恶的面孔躲在狙击枪的瞄准镜后。布鲁克的手指向后轻轻扣动扳机，子弹瞬间喷出枪膛，径直向萨克米飞去。子弹在柔和的光线中飞行，就像在享受一次完美的旅行，但子弹旅行的终点对某个人来说往往意味着生命的终结。

在闪光灯和欢呼声中，萨克米的身体向后倒去。没有人能够捕捉到子弹飞行的轨迹。萨克米仰面朝天倒在了地上，他的嘴角甚至还洋溢着成功者的喜悦。

"有杀手！"

不知道是谁一声大喊，现场瞬间乱成了一片。密斯特部长立刻被几个人保护起来，快速地往大厦里撤。

秦天的脑袋嗡了一声，最不想看到的事情终于发生了。在狙杀发生之前，红狮军团曾进行过多种假设。他们认为今天的狙杀行动最有可能发生在投标者来到这里的路上，特别是发生在进入大厦之前的几分钟。其次，投标大会的现场也可能是蓝狼军团下手的地点。可是，他们没有想到在投标结果出来之后，蓝狼军团才动手。

如果说蓝狼军团刺杀投标商的目的，是为了帮助某个商业集团铲除竞争对手，那么刺杀一定要在投标成功之前。可是，现在的结果真的是令红狮军团无法解释。难道蓝狼军团进行一系列刺杀行动的原因，并非是想帮助某个商业集团获得投标的胜利，而是另有其他不为人知的秘密。

"狙击手就在对面的楼上。"劳拉通过萨克米中弹的位置做出了判断。

秦天和劳拉朝街道对面冲去，他们想尽快封锁对面的楼房，截断敌人的退路。露西也带着几个警察跟着冲上来，并盲目地朝天空开了几枪。

"砰！"

又一颗子弹飞来，击中了一辆正停在路边的汽车。

"轰！"

一声巨响，子弹击中的是汽车的油箱，立刻引发了爆炸。炙热的火苗瞬间膨胀为巨大的圆球，并不断向外扩张。爆炸产生的冲击波，将建筑物的玻璃瞬间震碎，形成无数的碎片掉落下来。

这一枚子弹是泰勒射出的，他藏在与布鲁克成六十度角的另一栋建筑物中，负责掩护布鲁克撤退。

位于十字路口另一侧的朱莉和詹姆斯发现了泰勒的藏身之处，立刻采用交替掩护的战术对他进行攻击。朱莉的身体靠在报刊亭的一侧，举起枪朝泰勒隐藏的位置射击。

泰勒知道自己已经暴露，于是向其他位置转移。詹

姆斯的机动速度很快，趁着朱莉开枪的时机，已经向前跑出了上百米，直奔泰勒藏身的那栋楼房。

"砰砰砰！"

接连几颗子弹落在了詹姆斯身后，其中一颗子弹差点击中他的小腿。原来，在詹姆斯的背后还隐藏着凯瑟琳。她是突然从地下通道里冒出来的。她使用的是一把手枪，所以准头差了那么一点点。朱莉赶紧移动枪身对准凯瑟琳开枪。凯瑟琳早有防备，已经躲到一辆汽车的后面。

汽车拥堵在马路上，人们纷纷弃车而逃，马路变成了报废汽车的停车场。为了避免伤到无辜，红狮军团非常谨慎地开枪，这给蓝狼军团的撤退留下了喘息之机。

凯瑟琳在一排排汽车的缝隙间快速辗转，这些汽车已经成了帮助她逃跑的遮障物。朱莉在后面紧追，却无法捕捉到开枪的时机。她干脆跳到了汽车顶上，这样可以居高临下看到凯瑟琳的身影。当然，朱莉这样做也是很冒险的，因为她的身体会完全暴露在敌人面前，成为

众矢之的。

朱莉一边在车顶上跳跃追击，一边朝凯瑟琳射击。凯瑟琳很狡猾，一直弯着腰跑，所以子弹总是贴着她的后背飞过，却没有伤到她的皮毛。不过，凯瑟琳已经没有了还击的能力，只要稍有不慎就会成为枪下之鬼。

"雷特，快支援我！"凯瑟琳蹲在一辆汽车的后面大声呼叫。

雷特趴在一栋建筑物的楼顶，死亡十字线一直在追赶着朱莉的身影。听到凯瑟琳的呼叫，他沉稳地说："别急，我正在锁定她。"

朱莉在车顶间快速跳跃腾转，雷特的狙击枪瞄准镜很难锁定她的要害。凯瑟琳听到雷特的话，身体紧紧地贴住一辆汽车不再移动。朱莉知道凯瑟琳就藏在那辆汽车的后面，她不停地朝那辆汽车开枪，不给凯瑟琳喘息的机会。

雷特和凯瑟琳的计谋得逞了。朱莉停止了运动，只顾着对凯瑟琳发起攻击。雷特手中的狙击枪已经锁定了

朱莉，死亡十字线就压在她的后脑上。

"去见鬼吧！"雷特大吼一声，手指向后扣动了扳机。

"砰！"

这是一声令人心惊胆战的枪响。在慢镜头下，可以清晰地看到子弹击中瞄准镜的玻璃，碎片向外飞溅的画面。雷特惨叫一声，双手捂住了右眼。

中弹的不是朱莉，而是雷特。不必感到意外，因为在雷特搜索朱莉的同时，他已经被另一个人锁定了。亨特不愧是经验丰富的特种兵，他并没有像别人那样急于去追赶，而是沉稳地待在隐蔽处搜索敌人。亨特知道，一场策划严密的袭击战必然由三个部分组成：第一，执行暗杀任务的狙击手；第二，负责掩护狙击手的后援队友；第三，接应他们撤离的后勤人员。

正是出于这三个方面的考虑，亨特才没有急于行动，而是和亚历山大一起搜索蓝狼军团的后援狙击手。终于，他在一栋楼房的顶部发现了闪光，经过仔细辨别确认那是狙击枪瞄准镜反射的太阳光。

　　真要感谢今天的太阳，要不是它在这个时间转到了这个角度，亨特也不会发现雷特隐藏的位置。亨特的狙击枪慢慢地调整角度，通过瞄准镜并不能看到雷特，而只能看到稍稍露出来的瞄准镜。

　　瞄准镜的十字线压住了雷特的狙击枪瞄准镜，亨特果断地扣动了扳机。子弹直接穿透了瞄准镜的镜片，击中了雷特的右眼。

　　此刻，雷特正捂着右眼在楼顶打滚儿。作为一名狙击手，在执行狙击任务时必须做到万无一失，否则自己必然会遭到反狙击，这是每一名狙击手在接受培训的时候，教官都会不厌其烦重复的话。

　　今天，雷特恰恰没有做到这点。他知道狙击枪的瞄准镜会反射太阳光，从而暴露自己的位置。当他隐藏在这个位置时，太阳还没有转到现在的角度，所以瞄准镜还不会反射太阳光。可是，随着时间的推移，太阳的位置发生了变化，而雷特却没有随之采取防护措施。

　　细节决定成败，有时候也决定生死！

第十四章

激战正酣

　　朱莉同样是一个大意的人，差点就被雷特从背后袭击。不过，这次算她命大，在生死一线之间，亨特出手救了她的命。

　　汽车爆炸的冲击波过后，秦天和劳拉从地上爬起，继续朝马路对面的建筑物跑去。露西倒在地上，眼前一片漆黑，脑袋嗡嗡作响。她想站起来，可刚刚勉强地直起身子，便又跪在了地上。

　　布鲁克是个老手，自然不会等着红狮军团来抓自己。他在狙杀了萨克米之后，便按照计划向楼顶跑去。

　　秦天和劳拉冲到对面建筑物的入口，算计着狙击手肯定不会从这里跑出来。于是，两个人便向楼上追去。这栋建筑物并不高，只有六层。秦天和劳拉分头行动，一个爬楼梯，一个乘电梯。两个人很快在顶层会合，但

却没有见到布鲁克的影子。

此时，楼顶传来轰鸣声。秦天和劳拉知道蓝狼军团的第三梯队赶到了。他们在楼道的尽头，找到了通向楼顶的梯子。当两个人爬上楼顶的时候，看到布鲁克已经进入一架悬停在楼顶上空的直升机。

"可恶！"秦天举起枪朝那架直升机开火。可是，直升机已经向上升起，超出了步枪的射程。

布鲁克隔着直升机的窗户朝劳拉和秦天竖起小拇指，这是极端蔑视与挑衅的动作。

"先去救雷特，他受伤了。"布鲁克对正在驾驶直升机的艾丽丝说。

艾丽丝驾驶直升机向雷特的位置飞去。她早就料到如果今天有人受伤，那个人一定会是雷特。

雷特几乎疼昏了过去，他的手还在捂着右眼，黏稠的、带着腥味的液体不停地流淌出来。直升机停在楼顶，布鲁克和美佳飞奔下去，抬着雷特往机舱里塞。

亨特在地面上眼看着蓝狼军团的直升机从头顶飞过，

却无可奈何。亚历山大的手中是一支重型狙击枪，他朝着天空中的直升机连开了几枪之后也放弃了。看着落了一地的弹壳，他恼怒地说："难道就让他们这样跑了吗？"

"当然不能就这样便宜了他们。"亨特也不甘心，"他们还要去救其他人，趁直升机悬停的时候把它打下来。"

艾丽丝驾驶直升机在街道上空飞过，她要把一个人拉上来，那就是躲在汽车后面的凯瑟琳。此时，朱莉还在对凯瑟琳发动攻击，子弹落在凯瑟琳的身边，令她抬不起头来。

在直升机上，布鲁克在帮雷特包扎伤口。他不能判断子弹是否留在了雷特的右眼里，现在能做的就是帮他止血。很快，雷特的头被缠上了一圈白色的纱布，而血又在几秒钟之内把纱布浸成了红色。

美佳则坐在敞开的舱门前，端着一支轻机枪搜寻着凯瑟琳的身影。凯瑟琳听到了头顶的轰鸣声，知道是艾丽丝和美佳按照计划来营救他们了。于是，她赶紧呼

叫："艾丽丝，我在这里。"

"你把位置说清楚，满地都是汽车，我找不到你。"艾丽丝说。

凯瑟琳一肚子怨气，心想我把最危险的任务承担了，你却逍遥自在地开着飞机装腔作势，真是可恶！可是，她没有办法，只好再次说："我在石油大厦的三点钟方向，一辆红色轿车的侧面。"

艾丽丝朝凯瑟琳报告的方位飞去，在没有看到凯瑟琳之前，已经看到了正在射击的朱莉。

"干掉这个讨厌的女人！"艾丽丝朝美佳大喊。

朱莉听到头顶的轰鸣声，同时耳机里传来亨特的呼叫："朱莉快躲起来！"

朱莉刚从车顶滚落下来，密集的子弹便落在了刚才她所站的汽车上。美佳调整射向疯狂地向朱莉的藏身之处扫射。

凯瑟琳终于有了喘息之机，本想找朱莉复仇，但是直升机已经飞到她的头顶。

艾丽丝通过耳机喊道："快上来！"同时，一条绳索已经落到了凯瑟琳的眼前。

凯瑟琳抓住绳子，快速地向上爬去。此时，亨特和亚历山大追了过来，见直升机正在低空悬停，便以猛烈的火力向空中射击。

艾丽丝见状赶紧驾驶直升机飞离，生怕机毁人亡。凯瑟琳还没有来得及爬到直升机上，她紧紧地抓住绳子被吊在半空中。美佳仍在不停地向朱莉的方向射击，但随着直升机的飞远，子弹已经对朱莉构不成威胁。

看着直升机再次飞远，亨特和亚历山大遗憾地摇着头。他们知道蓝狼军团就要成功地逃脱了。最后的希望寄托在詹姆斯那里，他正在搜索泰勒的踪影。

泰勒是蓝狼军团中最为老道的一位。这次行动中，泰勒负责支援布鲁克，将追捕的人引到他的方向。

泰勒的行动是成功的，他将追捕者的注意力分散，要不然布鲁克不可能轻松脱险。当泰勒发现詹姆斯朝自己所处的位置追来时，他快速地跑到了楼顶，因为按照

计划艾丽丝会驾驶直升机来这里接他。

可是，泰勒没有想到詹姆斯会这么快追到楼顶。詹姆斯粗中有细，在爬上楼顶之前，先从楼道里找了一个东西向上抛去，这招叫声东击西。全神贯注地盯着入口的泰勒，突然见到有什么东西飞上了楼顶，便迅速开枪进行射击。这一枪打得很准，但他发现那只是一个毫无用处的东西，便知道自己上当了。

詹姆斯在抛出了那个东西以后，便做好了进入楼顶的准备。他听到枪声后，便向子弹一样将自己射出去，快速地落到了楼顶上。泰勒还来不及将枪口转过来，詹姆斯就已经出现在距离他不足五十米的位置了。

在这样的距离上，对于两个枪法都不错的人说，谁先开枪就意味着谁就是这场战斗的胜利者。泰勒知道自己错失了先敌开火的机会，现在要做的是如何躲开对方的第一枪。

詹姆斯在进入楼顶之前，就已经根据枪声判断出了泰勒的方向。他跃上楼顶之后便立即将枪口对准泰勒的方

向，毫不犹豫地扣动了扳机。对于他来说，这一枪不一定要打得准，但一定要先敌开火，掌握住攻击的主动权。

泰勒在詹姆斯扣动扳机的一刹那，已经翻身倒在楼顶上，同时快速地向侧面滚去。詹姆斯乘胜追击，接连开了几枪，子弹落在泰勒的身边，枪枪都令他惊出一身冷汗。

慌乱之中，泰勒也毫无准头地朝詹姆斯开了几枪。詹姆斯为了躲避子弹，射击的速度有所放慢。泰勒得到了喘息的机会，翻身从楼顶上跃起，竟然从楼顶的边缘纵身跳了下去。

詹姆斯始料未及，快步跑到楼顶边缘向下看去。楼下是一条小巷，巷子里空荡荡的，泰勒生不见人，死不见尸。詹姆斯一头雾水，心想泰勒跑到哪里去了？

第十五章

蓝狼逃脱

正在詹姆斯迷惑之际，突然一条无影之腿伴随着风声迎面踢来。詹姆斯毫无防备，慌乱之中抬起手臂去挡，结果手臂被狠狠地踢了一脚，手中的枪落在了楼顶上。紧接着，一个身影腾空而起，出现在楼顶上。詹姆斯简直不敢相信自己的眼睛，泰勒竟然奇迹般地再现了。

原来，泰勒根本就没有跳下楼去，只是玩了一个小伎俩而已。泰勒的手上戴着一副特殊的手套，当他向下跳去的同时，手套的十指向外伸出尖锐的十根钢指。这十根钢手指紧紧地扣住了楼顶的边缘，而他的身体就紧贴着墙壁。

当詹姆斯站到边缘向下观望时，泰勒出其不意，翻身一脚将他的枪踢掉。紧接着，泰勒重新回到楼顶，与詹姆斯近距离相对。泰勒在扒住楼顶边缘的时候，不得不舍弃

自己手中的枪，所以现在他和詹姆斯都是赤手空拳。

枪就在两个人的中间，詹姆斯一个箭步上前，想捡起地上的枪。泰勒也紧赶了两步，然后伸腿一扫。就在詹姆斯的手刚要碰到枪的时候，枪被踢飞了。

两个人的距离更近了，已经到达了出拳就能击中对方的程度。詹姆斯先出招，虽然他没有抓到枪，但是绝不会浪费这次机会，所以手径直朝泰勒的脚抓去。

泰勒躲闪不及，被詹姆斯的双手抓住了脚腕。詹姆斯使出浑身的力气，双手用力向右拧动对方的脚踝。泰勒顺着詹姆斯用力的方向，身体腾空旋转，做了一个漂亮的体操翻滚动作。与此同时，泰勒的一只脚在腾空中朝詹姆斯的胸口踹去。

这一脚力道十足，詹姆斯被踹得倒退了好几步，胸口一阵剧痛。泰勒的身体也向后弹出，摔落在楼顶上。他赶紧来了个鹞子翻身，站立起来，将双拳护在胸前，和詹姆斯形成了对峙之势。两个人谁也不服谁，干脆不去管掉在楼顶上的枪，只想通过搏斗决出胜负。

泰勒和詹姆斯都属于速度和力量集于一体的战士，所以这场近身搏斗一定很有看头。两个人还都是进攻型的选手，都主张先发制人，所以几乎同时向对方靠近，并击出了第一拳。两个如铁锤般的拳头在空中撞击，可以听到骨节错位发出的"咔咔"声。这一拳令两个人各自向后退了一步，都甩着自己的手腕，面部表情不自觉地发生了扭曲。

詹姆斯没有想到泰勒的力量这么强，开始变得谨慎起来。他一只拳头护在脸前，另一只手臂呈半伸屈状，慢慢地向泰勒靠近。泰勒也没料到会遇到詹姆斯这样的强敌，心想再也不能和他硬碰硬了。

两个人慢慢地靠近对方，突然泰勒一个左勾拳朝詹姆斯打来。詹姆斯的头向下一缩，拳头从他的头顶划过。紧跟着，詹姆斯来了个"金头撞钟"，脑袋撞向了泰勒的胸口。泰勒见势不妙，向后撤步，同时双臂回收，两肘由上而下朝詹姆斯弓着的后背砸去。

"咚！"

詹姆斯的脑袋狠狠地撞到了泰勒的胸口。泰勒的双肘也重重地砸在了詹姆斯的后背上。

两个人都龇牙咧嘴，疼得就差大叫出来。詹姆斯一低头，发现枪就在自己的脚下，心中不由得暗喜。他弯腰捡起枪，对准泰勒，冷冷地说："看你还怎么跟我斗！"

"你太不讲究了，竟然拿枪和我这个赤手空拳的人较量。"泰勒想刺激詹姆斯，令他放下武器。

詹姆斯才不吃这一套，他笑呵呵地说："跟恶狼讲人性，那不是等于自取灭亡吗？"说着，詹姆斯将枪口向上抬起，对准了泰勒的脑袋。

"你看身后是什么？"泰勒突然指着詹姆斯的身后说。

詹姆斯的嘴都快撇到耳边了："拜托，这种小儿科的把戏，你也拿得出手。"

话音刚落，轰鸣声便从身后传来，一股强风袭来，令詹姆斯难以站稳。看来泰勒没有说谎，詹姆斯身后的上空出现了一架直升机。就在詹姆斯迟疑之际，泰勒快速躲闪，已经从他的枪口下逃开了。

"哒哒哒——"

子弹如雨点般朝詹姆斯射来，幸亏他躲得及时，不然已经是千疮百孔。

直升机上的美佳不停地朝詹姆斯射击。詹姆斯只能不停地在楼顶奔跑，即使这样还是有一发子弹划伤了他的胳膊。詹姆斯已经无暇顾及泰勒，他逃到楼顶的入口，纵身跳下去，狠狠地摔到了楼道里，这样才保住了性命。

直升机稳稳地停到了楼顶，泰勒从容不迫地走了上去。美佳则一直将枪口对准楼顶的入口，以防詹姆斯再次冒出来。詹姆斯哪里还敢再爬上去，他的脚在跳下来的时候扭伤了。

艾丽丝驾驶直升机从楼顶起飞，这架直升机张狂地从石油总部大厦的楼顶飞过，越飞越高，渐渐地消失在红狮军团的视线之中。

看着成功逃脱的蓝狼军团，亚历山大气得火冒三丈，挥起拳头将身边的一辆汽车砸出一个大坑。这一场战斗是红狮军团与蓝狼军团数次交锋中最窝囊的一次。他们

没有想到蓝狼军团竟然会在如此严密的防护之下，神不知鬼不觉地在石油总部大厦周围设伏。更加不可理解的是，异国作战的蓝狼军团，竟然弄到了一架直升机。

正是由于这些难以预测的因素，才导致了红狮军团这次行动的失败。虽然蓝狼军团中的雷特在战斗中被亨特击伤了右眼，但是他们已经达到了此次行动的目的——狙杀中标者。

红狮军团看着狼藉的战场，心里有一种愧疚感。露西跌跌撞撞地朝他们走来，显然还没有完全恢复过来。她感觉自己好像睡了短暂的一觉，当醒来的时候一切都结束了。

"露西，十分抱歉，我们没有能够阻止蓝狼军团的行动。"秦天愧疚地说。

露西搭着秦天的肩膀："兄弟，该说抱歉的是我。是我大老远把你们请来，而且没有一分报酬，还让你们经历生死的风险。"

说着，露西看着詹姆斯一瘸一拐的脚："你为我们伊

奇国受的伤，我会永远记在心里。"

"露西，你不当特种兵真是可惜了。"詹姆斯笑着说，"你真有一种与生俱来的军人气质。"

"我爸也是这么说的。"露西一脸得意，"所以很小的时候，他就把我送到中国去学武术了。"

"对了，你的父亲究竟是谁啊？找个机会，我们去拜访一下。"詹姆斯说。

"我爸是伊奇国的——"露西的话说到一半又咽了回去。

"你爸到底是谁？"詹姆斯追问。

露西的眼珠一转："我爸是谁重要吗？重要的是，我们现在应该抛开眼前的烦恼，一起去大吃一顿。"

其他人都吃惊地张大了嘴巴，他们还是头一次见到，吃了败仗还要大吃一顿来庆祝的警察。其实，露西的心里比谁都着急。可是，着急又有什么用呢？他们必须重新整理一下思路，才能战胜敌人。

第十六章

露西的秘密

露西好像已经忘掉了所有的烦恼，她要带红狮军团去一个伊奇国最有特色的地方。警察开始疏导石油大厦前的交通，清理在战斗中毁坏的物品。露西亲自驾驶着警察局那辆用来运输嫌犯的车，载着红狮军团向东行驶而去。

"露西，你这算不算是公车私用？"亨特开玩笑地说。

"怎么会是公车私用，车上拉的人可都是来为伊奇国帮忙的人。"露西一只手握着方向盘，另一只手梳理着蓬乱的头发。她的脸像是被人用黑灰抹过了，又像是特种兵涂抹过伪装油彩后的效果。其实，这副尊容只不过是被爆炸时产生的烟灰熏成的。

露西驾驶着汽车在街道上绕来拐去，最终进入了一条狭窄的小路。红狮军团在车厢里坐成两排，手拉着垂

下来的扶手，身体不停地跟着汽车颠簸的节奏摇晃着。

透过对面的车窗，劳拉看到路边的建筑物都是低矮破败的平房，好像是城市中的贫民窟。她在想，露西为什么会带他们来这里呢？难道这里就是伊奇国最有特色的地方？

汽车停在一家小饭店门口，露西回头说："到了，请下车！"

露西率先推开车门跳到了地上，很快有几个人围过来跟她打招呼，看来这里的人和她都很熟悉。

秦天推开车厢的门，红狮军团的特种兵们依次跳了下去。当然，詹姆斯是在亚历山大的一臂之力下才跳下去的。他的脚有些跛，算是这次战斗给他留下的纪念。

正在和露西聊天的那几个人，用怪异的目光看着从车厢里跳出来的红狮军团。在他们看来这辆用来运送犯人的警车车厢里，关押的必定是坏人。可是，这些坏人怎么没人看守自己都跑出来了呢？

"他们不是坏人，都是我的朋友。"露西看出了那几

个人的疑惑，主动解释。

亚历山大有些不满，走到露西的面前，质问道："你就是带我们来这个鬼地方吃大餐呀？"

露西朝亚历山大一笑："你别小看了这个破烂不堪的地方，伊奇国最地道的美食只有在这里才能吃到。"

说着，露西引导大家进入一家小餐馆。这家小餐馆总共二十几平方米大，也就能容下四五张餐桌。露西选了一张最靠里、最干净的餐桌让大家坐下。本来是八个人的座位，但七个人正好把桌子围了一圈，因为亚历山大的块头大，一个人要占两个人的位置。

老板娘走过来，热情地跟露西寒暄着。露西和老板娘之间用本地的语言交流，红狮军团根本就听不懂。不过，通过察言观色，朱莉猜露西是在跟老板娘介绍红狮军团，然后让老板娘把拿手的、地道的本国菜弄好，别让大家失望。

"知道我为什么带你们来这里吗？"老板娘走后，露西问。

大家齐刷刷地摇着头。

"因为这里能带给我力量。"露西沉默了片刻，"这里是伊奇国最贫困的地方。我就出生在这里，但没有人知道我的父母是谁。"

秦天吃惊地看着露西："你不是有一位善解人意的父亲吗？他还把你送到了中国学习武术。"

"没错，那是我的父亲，但却是和我没有任何血缘关系的人。"露西的语气有些沉重。

"这到底是怎么回事儿？"秦天是彻底迷惑了。

露西打开一瓶老板娘刚刚送来的酒，给每人倒满了一杯，二话没说先喝了一大口。

"其实，我是一个孤儿。"露西说，"从记事的时候起，我就知道自己是一个无依无靠的人，整日流浪在这个贫民窟。当时，伊奇国的石油还没有被开发出来，国家还没有现在这样富有。我就靠着这条街上的人施舍的食物顽强地活了下来。"

劳拉看到露西的眼眶里有一种透明的液体在打转。她

抓住了露西的手，想传递给这个坚强的女孩更多的温暖。

"那后来呢？"詹姆斯好奇地问。

"后来，我生了一场大病晕倒在街头。当我醒来的时候，发现自己躺在医院里。"露西看着大家问，"你们知道当时我是怎么做的吗？"

"还能怎么做？躺在医院里养病呗！"亚历山大不假思索地说，"对了，你肯定还会问是谁把你送进医院的。"

露西苦笑着摇头："我当时的第一反应就是趁没人注意赶紧跑出去。"

"为什么？"劳拉紧紧握着露西的手，"你的病还没好呀！"

"我必须逃跑。"露西的表情发生了微妙的变化，好像有一点小得意的样子，"我是分文没有的穷人，哪有钱付治疗费？逃跑是我最擅长的事情了。比如，我经常偷一个刚刚出炉的烤饼，然后撒腿就跑。"

"那你跑掉了吗？"劳拉关心地问。

露西摇摇头："这是我唯一没有逃掉的一次。不过，

幸亏我没有逃掉，否则不会有今天。"

大家听得有点迷糊，不知道露西为何这样说。

露西接着说："我刚要跑出病房的时候，被一个人堵在了门口。他的胸膛宽厚，我的头正好撞在上面。他手里拿着很多好吃的，让我看了直流口水。"

"这个人是谁？"秦天问。

"他就是我现在的父亲。"露西的眼里充满了感激，"他在街上看到晕倒的我，便把我抱到了医院。在知道了我是孤儿后，他就收养了我。"

"你遇到了一个好心人。"秦天羡慕地说。秦天也是孤儿，只不过他没有露西幸运。

后来发生在露西身上的事情，大家已经能猜到了。露西被一个经济条件良好的家庭收养，养父对她视如己出，还把她送到中国去学习武术。回国后，露西读了国立大学，然后成了一名警察。

露西擦了擦湿润的眼眶："现在的伊奇国不会再有这样的事情发生了。因为我们的国家发现了巨大储量的石

油，国家一下子变富了，贫民也能够获得政府的补助，孤儿会由国家养大。"

老板娘端上来一大盘子烤肉，放到了桌子上。然后，她和露西小声地说了几句。露西抄起刀叉："还愣着干什么，消灭它。"

亚历山大早就开始动手了，撕下一大块肉放在了自己的盘子里。"好香，这是什么肉？"他一边咀嚼，一边问道。

"骆驼肉，好吃吧？"露西笑嘻嘻地看着亚历山大，好像变了一个人似的。

"好吃！真没想到这么小的地方能做出如此美味来。"亚历山大赞不绝口。

"现在到处都是西餐馆，本土餐馆都快消失了，即使有也不是很地道了。"露西看着大家风卷残云，心里美滋滋的，"你们知道吗？我小时候经常看别人的父母带着自己的孩子，在这家店吃骆驼肉，而自己只能眼巴巴地站在门口流口水。后来，我跟养父说了这件事。他就经常

带我来这里吃骆驼肉。"

"你的养父到底是谁？他可真伟大。什么时候引荐我们认识一下。"亨特对露西的养父越来越感兴趣了。

"他是一位了不起的大人物。"露西自豪地说，"等时机成熟的时候，我会把你们介绍给他认识的。"

"露西，可以再来一盘骆驼肉吗？"亚历山大对盘中的美味更感兴趣。

"当然可以！"露西朝老板娘喊了一句当地的语言。

老板娘愉快地跑进厨房，对她来说客人吃得越多自然越是好事儿。这次，老板娘端上来一个特大号的盘子，骆驼肉上撒满了诱人的孜然。大家不再客气，刀叉已经被扔到一旁，纷纷伸手去撕扯，就像一群饿了很久的狼，终于见到了一只小肥羊。

这是红狮军团来到伊奇国以后吃得最痛快的一餐，虽然是在一次失败的行动之后。他们相信只要有一种永不低头的精神，胜利会属于他们。

第十七章

示威游行

回到居住的公寓，红狮军团倒头便睡。也不知过了多久，刺耳的电话声才把他们吵醒。

"喂！"秦天拿起电话。

"快下来，我在楼下等你们。"听筒里传来露西焦急的声音。

秦天放下电话："快起来，露西在下面等我们。"说完，他拿起放在地上的枪，朝楼下跑去。

露西正站在公寓的门口急得来回走动，看到冲下来的秦天，便迎上前去紧张地说："不好了，国民广场上聚集了好多人。他们在举行示威游行，要求总统下台。"

"这个——"秦天迟疑了一下，"对这样的事情，我们无能为力。"

"为什么？"露西的情绪有些激动。

"这属于伊奇国的内政问题。我们有一条铁的原则，那就是绝不干预别国的内政。"秦天解释道。

其他人也冲了下来，最后一个人当然是亚历山大，他的肚子依据保持着滚圆的状态。"我看咱们应该帮助露西，谁让她请咱们吃了那么好吃的骆驼肉呢！"

"你就知道吃！"亨特狠狠地敲了亚历山大的脑袋一下，"不干涉别国内政是咱们必须遵守的原则，否则红狮军团又和那些为了金钱而战的雇佣军有什么区别？"

亚历山大低头看着自己圆圆的肚子，不再说话了。

"我不是让你们帮我镇压示威的群众，只是想请你们帮我调查清楚这一事件背后的真相。"露西急得都快哭出来了。

秦天不明白露西为何这样着急，因为无论谁当总统对一个普通的警察都是一样的。莫非露西有什么隐情？

"我看咱们可以帮露西这个忙！"突然，一直沉默的劳拉说话了。

"劳拉，你疯了吗？"亨特用异样的目光看着劳拉。

劳拉说：“大家一直都以为蓝狼军团制造的枪杀案是因为商业竞争，其实这只是为了转移公众的视线。他们真正的目的是在伊奇国掀起一场政治风波。”

“有道理！我怎么就没想到呢！”亚历山大连连点头。

露西瞪大了眼睛，紧紧地握着劳拉的手。“劳拉姐，你说得太对了。一直以来，我也是这样想的。一定有一个黑暗的势力集团在雇佣他们干这些丧尽天良的事情，目的就是在伊奇国制造动乱，推翻现在的政府。”

“对不起，即使是这个原因，我们还是不能参与这次行动。”亨特遗憾地摇着头。

“为什么还不能？”露西用恳求的眼神看着亨特。

亨特说：“还是那个原因，我们不能干涉伊奇国的内政。除非——”

“除非什么？”露西急迫地问。

“除非你有其他更充分的理由。”亨特说。

“好吧，如果这个理由可以打动你们。”露西迟疑了片刻，“伊奇国的总统是我的父亲，就是昨天我跟你们说

的那个把我从路边救活、把我养大的人。"

"天哪！"劳拉和朱莉几乎同时吐出了这两个字。

所有人都没曾想过露西是总统的女儿，更没想过总统的女儿会是一名普通的警察。

"相信我，他不仅是一位好父亲，更是一位好总统。如果伊奇国的政权落到别有用心的人手中，这个国家的人民可就惨了。"露西恩求道。

其他人都看着亨特，因为他是这支特种兵小队的领袖，只有他才能做出最后的决定。亨特咬着牙说："好吧！我们帮你！"

"耶！"亚历山大欢呼起来。

亨特解释道："我们并没有违反不干涉别国内政的原则，因为我们只是在帮助一个好朋友而已。"

谁都知道，这是亨特给自己找的一个借口。大家之所以肯帮助露西，是因为他们昨天听了露西讲的故事。他们相信露西的养父既然能够去帮助一个素不相识的孩子，并把她养大成人，就一定是一个好人，也会是一个

好总统。

"上车!"

亨特一挥手,大家登上那辆用来运送犯人的警车。如今,这辆车已经成了他们的专车。

露西驾驶这辆车朝国民广场开去。情况比露西预想的还要糟,在距离国民广场还有几公里的路上,就已经堵满了亢奋的示威者。他们挥舞着拳头,举着标语,喊着口号,声讨无能的总统,要求他立即下台。

伊奇国的警力十分有限,根本无法维持示威队伍的秩序。露西只好将车停在路边,焦急地看着这些不明真相的群众。她不敢想象事态照此发展下去,会产生怎样的严重后果。

红狮军团本来以为露西喊他们是去对付蓝狼军团,所以出来的时候都是全副武装。现在如果穿这身出去肯定会成为焦点人物。秦天建议:"咱们把外套都脱了,武器放在车里,留一个人负责看守,其他人下车,混在游行的人群中,查出是谁在指挥这场示威游行,然后顺藤

摸瓜，肯定能找到背后的元凶。"

这一建议得到了所有人的赞同。于是，大家开始脱掉外套，把武器集中放在车厢里。

"詹姆斯，你负责留在车里看着这些东西。"亨特命令。

"为什么是我？"詹姆斯很不情愿。

"你跛着脚，只能添乱。"亨特推开车门，率先跳了下去。

很快，几个人便融入示威的人群里。三位女生自然是不容易引起别人注意的，而三位男士则显得与整体格格不入。

劳拉小声地对秦天说："你不能这样傻呆呆地跟着走，要学着他们的样子，挥起拳头，大喊口号。"

秦天把拳头举过头顶，一上一下地来回挥舞，同时嘴巴一张一合假装喊着口号。秦天只是张嘴却不出声。

几个人向游行队伍的前面挤，因为他们要看看究竟是谁在率领着这些示威者，而那个人很可能就是受到了阴谋家的指使。幸亏这几个人身强力壮，否则要想从水

泄不通的人群中挤上前去，还真不是一件容易的事情。

挤到队伍的前面，露西看到有两个人举着一条长长的条幅，上面写着"总统下台，平安才会来"这几个大字。在横幅的正前方，是一个头上系着红丝带、手里拿着扬声器的青年。他一边走，一边挥舞着拳头，还不停地对着扬声器喊："总统下台，下台！"

看到此情此景，露西顿时怒火中烧，心想一定是这个小子在作怪。想到这里，她就要往前冲，跟这个领头的人理论。秦天看出了露西的动向，一把拉住了她："少安毋躁，这个人不过是一杆被人操控的枪，千万不要打草惊蛇。"

露西这才意识到自己的鲁莽，强忍住怒火随着人群一起向国民广场走去。来到国民广场的时候，那里已经是人山人海，一些不明真相的青年人好像打了鸡血，撕心裂肺地吼叫着。

在国民广场的对面便是政府的办公大楼，总统的办公室就在这栋大楼里。按照政府的工作安排，本来今天

总统要在国民广场迎接一位重要的国际贵宾。可是，由于突然爆发的示威游行，总统不得不取消了这次活动，那位准备到访的国际贵宾也因此改变了行程。

由此可见，这次示威游行绝不是偶然的，而是早有预谋的。在这个时间、这个地点，一场声势浩大的示威游行，在国内和国际都造成了很大的影响。总统感到了前所未有的压力。

第十八章

暗中跟踪

　　露西的养父认为自己身为总统，应该为连续发生的枪击案负责。但是，他也能感觉到枪击案绝非简单的商业竞争事件，或者因为仇恨而起的报复事件。这一切都是有预谋的，所以他辞去总统的职务就等于中了阴谋家的暗算。如果阴谋家的计划得逞，这个国家就会落入他的统治之中，对于国民来说将是一场空前的灾难。

　　经过深思熟虑，露西的养父决定不辞职，但他要站出来给国民一个交代。在国民广场上，示威的群众在带头人的煽动下越来越激动，大有发生暴力冲突的危险。

　　就在这时，广场的边缘传来一阵更加鼎沸的嘈杂声，并逐渐向广场中扩散而来。秦天踮起脚尖向声音传来的方向看去，好像有什么重要的人物正在向这边走来。这不是伊奇国的总统吗？秦天和劳拉在招标会那天曾经见

过总统，所以一眼便认出了他。

露西紧张坏了，她不顾一切地向总统的身边挤去，生怕在人群中藏有杀手，杀害自己的父亲。伊奇国的总统在几名保镖的掩护下，走到了广场中心的一个高台上。本来这个台子上正站着一个煽动民愤的演说者，但他见到总统亲自出马，便被那股强大的气场压倒，乖乖地走下了演讲台。

"请大家听我讲几句话。"总统拿起话筒喊道。

广场上立刻安静下来，万众瞩目的总统突然现身，令所有人都没有想到。红狮军团也没想到露西的养父是如此有胆识的一个人。

"首先，我代表政府向广大的国民道歉。近期，发生了一系列的枪击事件，而政府至今还没有抓到凶手，令国民失去了安全感。"总统声音洪亮，说起话来有条不紊，"其次，我向大家保证，两周内政府一定会调查出这一系列案件的幕后真凶，让伊奇国的国民重回到安宁幸福的生活中。"

"如果两周后不能抓到凶手呢？"突然，台下有一个人大声发问。

总统毫不犹豫地回答："如果抓不到凶手，我就主动辞职，让更有能力的人来领导这个国家。"

"你说话要算数！"那个人咄咄逼人。

总统的目光停留在这个人身上："全体国民可以作证，我言出必行。"

那个人无话可说了。总统却没有停下来，他继续说："既然我已经向大家做了保证，大家是不是可以回到自己的工作岗位上去了呢？一个和平幸福的伊奇国，需要全体国民的共同努力。"

总统在台上激情洋溢地演讲，显然已经说服了很多国民。红狮军团却丝毫不敢懈怠，分头紧密地观察着周围，以防暗中藏有杀手。

还好，总统的演讲已经结束了，并没有人打冷枪。人群在总统的劝说下，开始向四处散去。露西有些不甘心，因为她没有找出那个幕后的黑手。秦天凑到她耳边

小声说：“别着急，狐狸尾巴就快露出来了。”

“哪个是狐狸？”露西问。

“据我观察，至少有三个人值得怀疑。”秦天早就注意到了几个可疑的家伙。

大家兵分三路，分别跟踪这三个人，希望可以顺藤摸瓜，找到他们的上线。秦天和露西一组，他们要跟踪的人就是那个刚才在台下一直质问总统的人。他是一个留着艺术家头型的男青年，满头的小辫子就像稻田里的稻穗在头上晃来晃去。秦天和露西与他保持一段距离，悄悄在身后跟踪。这个人没有丝毫警惕性，竟然头也不回地一路走着。

秦天开始有些怀疑自己的判断了，因为如果这个年轻人是不轨之徒，他一定会多加小心。可是，这个人似乎并不担心自己被跟踪，或者说他们就没有这个意识。难道他是一个新手吗？或者是秦天的判断真的出了问题？

带着疑虑，秦天和露西一路跟踪这个人，来到了一个偏僻的小巷子里。这里有一群相对老旧的建筑物，年

轻人和巷子里的人打着招呼。看来他对这里很熟悉，说不定就住在这里。

秦天和露西装作若无其事，一个前一个后，分开一段距离继续跟踪。露西在前，因为她是本国人，不容易引起居民的注意。

露西看到那个人进入一栋三层高的建筑物。她停在这栋楼前的一个小卖店前，假装要购买东西。

"刚才那个小伙子是住在这里吗？"露西买了两瓶饮料，顺便问店主。

"你是说亨利吗？"店主找着零钱。

露西赶紧点头，假装认识那个人："没错，就是亨利。"

"他已经在这里住了三年了，是个讨厌的家伙。"店主好像对那个叫亨利的年轻人很不满。

"讨厌，为什么这样说？"

店主把零钱递给露西："你也看出来了，他把自己打扮得像个艺术家似的。"

"难道你就是因为这个讨厌他吗？"露西笑着说，

"艺术家都是很讨厌的家伙吗？"

"哈哈！当然不是。"店主解释道，"他每天都在不停地敲打那些产生噪音的乐器，尤其是你在没睡醒或者正准备睡觉的时候。"

"哦！原来是这样，的确很讨厌。"露西同情地说。

店主突然问道："你打听他干什么？"

露西的反应很快："我是一名演艺公司的星探，想看看亨利是不是可以被打造成一个明星。"

"谢天谢地，但愿亨利赶快变成一个明星吧！"店主好像很急迫的样子。

露西很纳闷："你不是很讨厌他吗？为什么还希望他变成明星？"

"那样他就有钱还我的债了。"店主进一步解释，"他从我这里买了很多东西，但都没有给钱。"

"原来是这样！"露西同情地说。

从小卖店出来的时候，露西看到了秦天。

"怎么样？"秦天低声问道。

露西示意秦天先离开这里再说。两个人离开了这条小巷后，露西说："那个年轻人叫亨利，是一个游手好闲、没有经济来源的人。"

"马上动用技术手段，对亨利的住宅进行二十四小时电话监听和网络监控。"秦天说。

露西点点头："我也是这样想的。"

他们认为，亨利可能是为了金钱，受到某个人或某个组织的雇用，去做今天的事情。之所以要对他进行监听和监控，是因为雇用亨利的人不会让亨利知道他的真实身份，所以他们只能通过电话和网络进行联系。如果没有猜错的话，亨利现在应该在向他的雇主索要报酬。所以，只要进行监听和监控，便能很快锁定雇用他的人是谁。

露西马上向警察局的技术侦查部门提出了监听的请求。很快，亨利家里的电话和网络就被藏在背后的"耳朵"和"眼睛"监听、监视了。

此时，亨利就像秦天和露西想的那样，坐在家里的

电脑旁，正快速地敲击键盘。亨利一回到家便迫不及待地打开电脑，因为他迫切地想得到那笔钱。

打开MSN，亨利拖动菜单在寻找一个网名叫"山姆大叔"的人。正是这个人指使他煽动民众去示威游行的，当然"山姆大叔"许诺将在事成之后，付给他五千美金作为报酬。

五千美金对于亨利来说可不是一笔小数目，还完外债，他还可以剩下一笔钱用来买乐器。亨利是个音乐人，至少他自己是这样认为的。他组过乐队，但是没人愿意听他们唱歌和演奏。亨利并不在乎，因为在他看来天才都是不被人接受的。

现在，他只关心一件事，那就是"山姆大叔"许诺的那笔钱什么时候能打进自己的账户。所以，亨利向"山姆大叔"发送了第一条信息：我已经按照你说的完成了任务，钱什么时候到账？

"把你的账号发给我。"对方很快就回复了亨利。

亨利将一串长长的数字发送过去，并再次叮嘱一定

要快。

对方没有再回答。不过，亨利的手机马上就收到了一条短信。他打开短信一看，是银行发来的转账信息，钱已经到账了，一分不少，整整五千美金。

兴奋之余，亨利又给"山姆大叔"发了一条信息：有这样的好事儿还找我。

对方没有再回复，看来他非常谨慎。一场交易就这样结束了。

在回警察局公寓的路上，露西和秦天露出了笑容，因为和亨利进行联系的人已经被锁定了。

第十九章

分段跟踪

在三个重点怀疑目标中，只有露西和秦天这一组跟踪的嫌疑人得到了确认。为了不打草惊蛇，露西并没有抓捕亨利，而是让警察局的技术部门继续对亨利的电话和网络进行严密的监听和监控。

和亨利进行联系的人已经被锁定，他的住址就在玛丽亚大街105号。警察局的户籍登记显示，住在这里的人叫夏洛克，是一位政府的公务员。红狮军团决定对夏洛克进行二十四小时监视，希望能够通过他找出幕后的真凶。

当天，露西和秦天就直接赶到了玛丽亚大街105号。他们躲在黑暗的位置，监视着夏洛克的住所，但是这一天都没有任何收获。警察局的监听也是一无所获，自从夏洛克和亨利通过MSN有过那次短暂的联系后，他们再也没有过任何联系了。

朱莉曾经在国家安全局工作过一段时间。她来到警察局，帮助那些技术还不够成熟的警察进行监控工作。通过网络，朱莉在夏洛克的电脑中植入了木马病毒。

通过木马病毒，朱莉可以清楚地看到夏洛克电脑里所有的东西，就像打开自己的电脑一样。她发现，夏洛克是一个非常狡猾的家伙，因为他已经在MSN中将亨利删除了。这也就是说，从此以后他不会再和亨利有任何联系。

不仅如此，朱莉发现夏洛克的电脑硬盘上几乎没有任何资料，甚至连一个游戏，一部电影，一本电子小说都没有。朱莉打开夏洛克电脑的控制面板，她明白了这一切。原来，夏洛克已经将电脑的硬盘换成了新的。

虽然夏洛克很狡猾，但是这进一步说明了他特殊的身份，因为一个内心没有鬼的人，为什么急于将自己的电脑"粉刷"一新呢？

一早，夏洛克穿着一身运动装出门。今天，负责跟踪他的有三个人，分别是秦天、劳拉和亨特。作为经验丰富的特种兵，他们不会采取愚蠢的"全程式跟踪"，因

为那样容易被跟踪者发现。聪明的跟踪方式是"分段式跟踪"，也就是在不同的地段会由不同的人悄然出现，令被跟踪者毫无察觉。

夏洛克慢步沿着街道奔跑。秦天在他跑出了上百米后才从暗处走出来，一直保持着这个距离在后面悄悄地跟踪。

"劳拉，夏洛克正在沿玛丽亚大街跑步，速度大约为每小时六公里，预计在十分钟后将转入索菲亚大道。"秦天向劳拉进行通报，因为下一段路程由她负责跟踪。

夏洛克步伐不紧不慢，一边跑，一边听着音乐。在十分钟之后，他向右转进入了索菲亚大道。秦天看着夏洛克的背影消失在自己的视线中，立即通知劳拉："夏洛克已经转过去了。"

劳拉就站在由玛丽亚大街向索菲亚大道向右转弯的拐角处，佯装在活动身体。夏洛克从她身边跑过，但并未注意到这位漂亮的女生。

"我已经看到他了。"劳拉及时回应秦天。

秦天的跟踪任务已经完成，下面一段路程的跟踪就

交给劳拉了。在夏洛克从劳拉的身边跑过几十米后，劳拉悄悄地跟了上去。她一身紧身的运动装，少女曼妙的身材一览无余，引来很多路人的侧目。

夏洛克的耳机里响着轻快的音乐，和自己的步伐一起有节奏地演奏着交响乐，全然没有注意到有一位美少女在自己的身后随行。

"亨特，夏洛克正在沿索菲亚大街向前慢跑，预计十分钟后会到达美食大厦附近。"劳拉通知下一个负责跟踪的人。

亨特立刻向美食大厦跑去，他要在那里等待夏洛克。

夏洛克逐渐地放慢了脚步，最后变成了快步地行走。他用搭在脖子上的一条白毛巾擦着汗，并不停地摇晃着脑袋，看来是在享受音乐带来的乐趣。劳拉看不出夏洛克和其他人有何不同，心想他绝对是一个深藏不露的阴谋家。

"亨特，夏洛克停在了美食大厦的门口。"劳拉远远地望着夏洛克，及时向亨特通报。

"我已经看到了。"亨特回应。

夏洛克几乎是和亨特贴身而过的。他推门进入了美

食大厦。

"下面的跟踪就交给你了。"劳拉说。

"放心吧！"亨特随后也进入了美食大厦，"劳拉，你要不要也进来吃个早餐？"

"这应该是个不错的主意！"

劳拉也向美食大厦走去。当她进去的时候，看到亨特已经坐在餐桌旁，享受他丰盛的早晨了，而夏洛克就坐在与亨特相隔一条过道的另一张餐桌旁。

亨特抬头看了劳拉一眼，两个人做了短暂的眼神交流。劳拉要了一份营养套餐，坐在距离两个人都比较远的一张餐桌旁。后面的任务已经交给亨特了，所以现在她要做的就是吃好这顿早餐。

夏洛克吃饭的速度很慢，这让亨特有些煎熬，因为特种兵出身的他吃饭的速度至少会比常人快两倍。亨特尽量放慢咀嚼的频率，那种感觉就像一位掉了牙的老者，在用假牙慢慢地磨着柔软的鸡蛋饼。

即使这样，亨特还是比夏洛克吃得快很多。当他的

手里只剩下了四分之一个汉堡的时候，夏洛克还有一整个汉堡没有吃。无奈，亨特只能很小口地去咬，然后用慢动作去咀嚼。

劳拉已经吃完了，故意从亨特的身边经过，幸灾乐祸地朝他一笑。走出美食大厦，劳拉问："亨特，这是不是你有生以来吃得最享受的一顿早餐？"

亨特正在把最后很小的一口汉堡塞进嘴里，恨不得把自己的手指头也一起咬掉。耳机里传来劳拉的挖苦声，他无奈地一笑，却无法作答。他用吸管慢慢地吸着杯子里不足200毫升的饮料，等待着夏洛克结束早餐。

夏洛克还算给面子，并没有在餐厅里喝完那杯饮料，而是拿着它一边喝一边走出了美食大厦。亨特一口气将剩余的饮料喝完，看着夏洛克走出十几米远，才随后走出美食大厦。

沿着索菲亚大道一直向前，便是伊奇国政府机构的办公场所集中地域。其中，石油总部的办公大楼也在那里。夏洛克径直朝那个方向走去。

亨特谨慎地跟在后面，看着夏洛克穿过斑马线走到了马路的对面。当亨特走到斑马线跟前时，信号灯变成了红色。他的目光一直没有离开夏洛克的背影，生怕把他跟丢了。

信号灯终于变为了绿色，亨特几乎是冲过马路去的。夏洛克正在朝一栋最为气派的大楼走去。亨特一直看着他走进这栋大楼，却没有再跟进去。亨特站在这栋大楼外静静地发呆，或者说是有些发晕，他不敢相信夏洛克竟然是这里面的工作人员。

这栋大厦就是石油总部的办公大楼，而夏洛克竟然是石油总部的工作人员。亨特把以前发生的事情联系起来，终于明白了蓝狼军团为何能够轻松得手，然后又安全地撤退了。原来，石油总部有一个内鬼。

夏洛克的确是石油总部的工作人员。此时，他已经来到办公室，正在脱掉运动装，换上制式的工作装。夏洛克从办公室里走出来。他要去见一个人，把这几天发生的事情向这个人汇报。

第二十章

神秘人物

在另一间办公室里，夏洛克谦卑地站立在办公桌旁。一位神秘人物坐在办公椅上仰头看着夏洛克，静静地听取夏洛克的汇报。

坐在办公桌后的神秘人物眯着眼睛，但细小的眼缝中射出了狠毒的目光。他冷冷地问："你是说，你的身份可能被警察局和讨厌的红狮军团知道了，是吗？"

夏洛克紧张地说："我也只是怀疑，因为我发现自己的电脑里被植入了木马病毒，有人想通过病毒窃取我电脑里的资料。"

"那么，他们得逞了吗？"神秘人问。

"当然没有！"夏洛克肯定地说，"我早就提前换上了一块准备好的新硬盘。里面除了系统文件，什么东西都没有。"

"蠢货！"神秘人气愤地站起来，"你以为自己这样做很聪明吗？"

夏洛克一头雾水，不知道自己蠢在哪里，但是他没敢问，只好低着头一言不发。

"你这叫此地无银三百两，懂吗？"神秘人瞪着夏洛克，"你把电脑换上了新硬盘，无疑是在告诉别人你做贼心虚。所以，虽然他们没有从你的电脑里窃取到任何资料，但是却更加确信你就是幕后的黑手。"

"那……那我该怎么办？"夏洛克紧张地问。

神秘人沉默片刻，转身倒了一杯咖啡递给夏洛克，语气缓和了些："你也不必太担心，他们现在还没有足够的证据，最多是怀疑你参与了示威游行事件的幕后策划。国民有示威游行的权利，这是宪法上规定的，所以他们并不能把你怎么样。"

夏洛克长出了一口气："我以后一定会更加小心的。"

神秘人拍拍夏洛克的肩膀："好了，你回去工作吧！"

"是！"夏洛克转身准备离开。

"等等！"神秘人又叫住了夏洛克，"你千万不要跟任何人提起这件事，也不要再和那个亨利联系，一切都要回归到正常的状态。"

"明白！"夏洛克保证道，"如果我这里出了问题，我甘愿接受任何惩罚。"

神秘人摆摆手，夏洛克轻轻地关上门，朝自己的办公室走去。走廊里，夏洛克的同事们陆续来上班了。他轻松地和同事们打招呼，还会开一些无聊的玩笑。谁也不会看出夏洛克和往常有什么不同。

石油大厦外的街道上，亨特将夏洛克是石油总部公务员的消息向其他人进行了通报。在所有人中，露西是最不能接受这个现实的了。她没想到石油总部的公务人员竟然参与了示威游行的策划。如果沿着这条线索推断下去，前一段时间发生的枪杀案，很有可能也是他参与谋划的。

可是，夏洛克为什么要这样做呢？露西马上叫人调查夏洛克在石油总部中的具体职务。很快，情报科的警

察把资料拿到了露西的面前。资料显示，夏洛克是石油
总部国际贸易科的科长。

三十分钟后，在警察局的会议室，露西和红狮军团
聚在一起分析着这一团乱麻。

"太不可思议了！"露西揪着自己的头发。

"你把头发都揪掉也没用。"朱莉冷冷地说，"这就是
事实。"

"可是，夏洛克这样做的目的是什么呢？"露西皱着
眉，"国际贸易科在石油总部的地位举足轻重。这次输油
管道的工程项目就是这个部门具体负责的。"

"夏洛克在极力阻止自己部门所负责的项目，也就是
说他在砸自己的饭碗。"秦天简直匪夷所思，"难道咱们
弄错了？"

"不！绝不会错。"亨特说，"除了夏洛克，不会有人
能详细地知道那些投标者的身份，也不会准确地知道招
标会那天的日程安排。一定是他提前把这些信息透露给
了蓝狼军团。"

露西比谁都着急，因为总统答应过国民，一定会在两周之内抓获枪杀案的元凶，否则便会主动辞职。可是，现在已经过去半周了，他们才刚刚有了眉目。

"越是在关键时刻，越不能操之过急。"劳拉说，"我觉得咱们应该继续监视夏洛克，一定会有更大的发现。"

最终，大家达成共识，决定继续对夏洛克进行监视。下午五点三十分，夏洛克像往常一样从石油总部的大厦出来后，径直走回了家。自从进入家门，他就再也没有出来。

秦天躲在夏洛克住所外的隐蔽处，静静地看着他的房间。在秦天的耳朵里塞着一个比纽扣还小的耳机，通过它可以清晰地听到夏洛克房间里的动静。

今天，红狮军团趁夏洛克上班，悄悄地潜入了他的家中，在每一个房间里都安装了窃听器。

夏洛克是个单身汉，当然他并非一直单身，因为他离过婚。作为一个离过婚的单身汉，夏洛克晚上的生活很单调。回家之后，他先是给自己弄了些晚饭，然后一

边吃一边打开电脑浏览网页。

夏洛克是个网络高手，所以朱莉植入的木马病毒早就被他发现了。他视那些病毒为不存在，因为电脑里已经没有任何有价值的资料了。夏洛克一边吃饭，一边在网上看电影。安装的病毒防护软件不停地弹出窗口，提示夏洛克电脑正在遭受攻击。

秦天的耳机里在同步播放着电影的声音。大约到了晚上十一点，电影的声音停止了，夏洛克的家也变得漆黑一片。秦天独自坚守在外面，不肯放过任何机会。

奇怪的事情在第二天早上发生了。夏洛克没有像往常那样，在早晨七点出门。秦天莫名其妙地不安起来。他继续在附近耐心地等待，可是眼看着太阳已经向西转了，夏洛克仍旧没有出现。

对于一个有良好生活习惯的人，在这个时间还没有起床去上班，是不可思议的。除非有两种可能，一是今天夏洛克可以在家休息，另一种可能是他病了。或者还有第三种可能，那就是夏洛克死了。

秦天简直不敢去想第三种可能，但是一个特种兵的直觉却在不停地提醒他这种可能性非常大。夏洛克千万不能死，秦天在心里不停地重复着这个想法，因为如果夏洛克死了，好不容易找到的线索就会断了。

"露西，你马上找人给夏洛克的家里打电话。"秦天赶紧呼叫露西。

"发生什么事情了？"露西紧张地问。

秦天解释："夏洛克直到现在还没有出来，而且屋里一点儿动静都没有。我怀疑——"

秦天的话还没说完，露西便明白了他的意思。"好，我马上找人给他家里打电话。"

夏洛克家的电话警察局早就了如指掌了。露西立即找了一名警察，冒充电费收缴员拨通了夏洛克家的电话。结果，夏洛克家的电话一直没有人接听。

秦天知道结果后表情凝重，心想夏洛克肯定出事了。他已经不能再等，快速地向夏洛克所住的那栋楼跑去。

第二十一章

线索中断

　　理智战胜了冲动，秦天停在夏洛克家的门前，轻轻地敲了几下门。秦天已经想好了，如果有人回答，他就会快速地躲起来。可是，屋里并没有任何声音传来，因为秦天的耳朵里塞着窃听器，能够听到屋里非常细微的声音。所以，他判断屋里的人一定出事了。

　　秦天不必动用武力，便可以打开房门轻松进入，因为他的口袋里就有一把夏洛克家的钥匙。这把钥匙是昨天亨特通过三维造影技术，照射出门锁的齿纹，然后找锁匠配出来的。

　　打开夏洛克家的房门，由于拉着窗帘，屋里黑乎乎、静悄悄的。秦天按下电灯开关，轻轻地喊了一声："有人吗？"

　　没有人回答。屋里死一般的沉寂，让秦天感受到了

一种前所未有的压迫感。他并没有急于冲进任何一间屋子。特种兵作战的经验告诉秦天，进入一个陌生的环境切不可冒失地行动。说不定，夏洛克正藏在房间的某个角落，等着秦天走过去，然后对他发起突然袭击呢！

秦天先是仔细地观察客厅，然后轻轻地向卧室走去。卧室的门是关着的，夏洛克有睡觉时关门的习惯。秦天猛地用力推开门，同时身体躲在门外的一侧。卧室里没有任何响动，难道夏洛克不在里面吗？

秦天探头往卧室里看去，床上躺着一个人。没错，那就是夏洛克，他一动不动地躺在床上，身上盖着一层薄薄的被子。秦天一个箭步冲到床边，手放在夏洛克的鼻孔前。最不想发生的事情还是发生了，夏洛克已经没有了呼吸。他伸手去摸夏洛克的额头，体温已经全无，要想救活他显然不可能了。

"秦天，夏洛克到底出什么事了？"亚历山大等人还没进来，声音便已传来。

红狮军团的其他人和露西都来了。他们冲到夏洛克

的卧室，看着已经死去的夏洛克遗憾地摇着头。

"一定是有人害死了他，这是要杀人灭口。"露西说。

亨特点点头："说明夏洛克只是一颗棋子，在他的背后还有更大的黑手。"

露西马上通知警局封锁现场，对夏洛克的尸体进行检查。不久，法医和刑警赶来了。

夏洛克死了，线索中断。究竟是谁在雇佣蓝狼军团，又是谁在操纵夏洛克呢？疑团没有减少，反而增多了。

在焦急的等待中，法医的验尸报告出来了。夏洛克死于中毒。难道他是自杀吗？秦天明明看到夏洛克回家的时候还好好的，而且从窃听器里可以判断出他一直在看电影，直到深夜十一点才睡觉。

法医的验尸结果还说明了夏洛克中毒身亡的大致时间，那是凌晨三点至四点之间。这就更加令人匪夷所思了。既然没有人进入他房间投毒，而他又死于睡觉之后，那么自杀的可能性就是最大的了。

警察根据这些数据，很可能就会初步判断夏洛克为

服毒自杀了。但是，这并非一起普通的死亡事件，因为在夏洛克的背后隐藏着太多的秘密。

"夏洛克绝不会是自杀。"秦天肯定地说，"一个准备自杀的人，绝没有心情在自杀前看一部喜剧电影。"秦天清楚地记得昨晚从窃听器里传来的那部影片的对白，甚至他也被逗笑了。

所有人都愁眉不展。

秦天转向露西："你让法医进一步化验夏洛克是中的什么毒，在他的肠道内是否还残留有其他可疑的物质。"

露西马上把秦天的话向法医进行了传达。大家焦急地等待着结果，因为这事关夏洛克的真实死因。

法医经过再次尸检，还真的在夏洛克的肠道里发现了一种特殊的物质。这种物质看上去好像是胶状物。经过检验，杀死夏洛克的毒剂就是一种常见的恶性毒剂，一般在服下十分钟后便会中毒身亡。

如果光从毒剂的效用上来分析，夏洛克吞进毒药的时间必定是夜间三点到四点之间，这也就基本上排除了

他杀的可能。但是，法医在检查了残留在夏洛克肠道里的胶状残留物后，便彻底推翻了这一结果。

这种胶状物是非常难以在水中溶解的。它只会溶解在酸性的溶剂中，如果是弱酸，要想溶解它则需要十几甚至二十几个小时的时间。这说明了什么呢？

"这说明夏洛克并不是自杀，而且他吞下毒剂的时间并非晚上，而是在十几甚至是二十几个小时前。"秦天推断。

亨特补充道："这种残留在夏洛克肠道里的胶状物，就是用来包裹毒药的。夏洛克在喝下这些毒药的时候，他根本就不知道，所以直到他毒发身亡的时候，也许都没有弄明白自己是被谁害死的。"

劳拉叹了一口气："好可怜的人，真是死不瞑目。"

"不，他这是罪有应得，只不过死得太早了。"露西并不同情夏洛克。她问秦天："夏洛克今天都去过什么地方？"

"他每天的生活都是三点一线，家——美食大厦——工作单位。"

　　"这样说来，夏洛克很可能是在美食大厦或者工作单位被人投毒的。"朱莉分析。

　　亨特回忆着今天早晨跟踪夏洛克，和他一起在美食大厦吃早餐时的场景。"他在吃早餐的时候，要了一杯热饮。会不会是有人在他的饮料里下了毒？"

　　"这是一种可能。"露西说，"还有一种可能，那就是他在单位上班时，有人在他喝的水里下了毒。"

　　"不会是在水里。"秦天马上推翻了这一猜测，"这些毒药被胶囊包裹，而这种胶囊又不溶于水，所以如果放在水里就会被夏洛克发现。"

　　亚历山大抢着说："所以，毒药一定是放在颜色比较深的饮料里。"

　　"你还记得夏洛克吃早餐时喝的什么饮料吗？"秦天问亨特。

　　亨特努力地回忆着："他还真留意过今天早晨夏洛克喝的饮料，好像是一杯橙汁。没错，就是橙汁。"

　　"橙汁的颜色不够深，呈半透明状，这种有毒的胶囊

如果放在里面很可能被夏洛克发现。"秦天分析道，"这样说来，夏洛克被投毒的地点最有可能是在单位。"

如果夏洛克是在办公室被投毒，那么就说明凶手很可能是他的同事。同时也能说明，雇用蓝狼军团的人就深藏在石油总部。

大家分析，用来投毒的最佳饮料是咖啡，特别是一杯浓咖啡。在办公室工作的人往往都喜欢喝咖啡来提神，而咖啡的颜色深，且有沉淀物，很容易隐藏细小的有毒胶囊。

"我已经知道该怎么做了。"露西很有信心地说，"我要去夏洛克的单位，调查他的同事，特别是和他接触密切的人。"

目前来看，这的确是最有效的办法了。可是这样做也存在一个问题，那就是会让幕后黑手变得更加谨慎，隐藏得更深。

第二十二章

疑点重重

　　夏洛克死在家中的消息已经传到了他的工作单位。所以，当露西带着警察去那里调查的时候，夏洛克的同事们并不觉得意外。

　　石油部长密斯特亲自接见了露西。他不停地摇着头，惋惜地说："真是太可惜了，夏洛克是一位非常出色的科长，我正准备提拔他当处长呢！"

　　"密斯特叔叔，夏洛克昨天上班的时候一直在办公室吗？"露西问。

　　"这个我可不太清楚。"密斯特部长端起桌子上的一杯咖啡喝了一口，"你知道，我整天忙得不可开交。特别是最近，出了这么多意外的事情，我都忙晕了。"

　　露西劝慰道："密斯特叔叔，你也别太操劳了。我们警察局会竭尽全力破获案件的。"

密斯特部长说："我已经让秘书通知所有的工作人员了。你们可以随便在石油总部的所有地方进行调查，所有人必须配合你们的工作。"

"谢谢你，密斯特叔叔。"露西不想再打扰部长，"您忙吧，我去夏洛克的办公室看看。"

密斯特摆摆手："有什么需要帮忙的，不要客气。别忘了，你是我看着长大的。"

露西报以微笑，轻轻地关上密斯特部长的房门，朝夏洛克的办公室走去。夏洛克的办公室和部长的办公室在同一层，只不过部长的办公室在走廊的中间，而夏洛克的则位于走廊的尽头。

夏洛克的办公室开着门，里面没有人。死者的办公室是充满晦气的，所以没有人愿意进去。露西在夏洛克的办公室里仔细查看，希望能够发现一些有用的线索。

文件柜和办公桌的抽屉里，放着的都是有关石油贸易和工程开发的文件。露西并没有从中发现什么有价值的线索。奇怪的是，露西在夏洛克的办公室里并没有发现冲咖啡的任何原料和工具。那么，如果有毒的细小胶

囊是隐藏在咖啡里的，夏洛克的咖啡是谁给他的呢？

露西叫来夏洛克的办公室秘书。她是一位年轻的女孩，看样子是刚刚从国立大学毕业的。

"夏洛克喝咖啡吗？"露西问。

女孩点点头：“喝，每天都要喝上几杯，特别是早晨、中午和下班前。”

"那在他的办公室里，为什么没有看到冲咖啡的原料？"露西问。

"科长的咖啡一般都是由我负责冲好，然后再端过去的。所以，在他的办公室里并没有原料。"女孩解释。

露西要求看看那些冲咖啡的原料放在哪里。女孩带着露西来到了一个咖啡间。原来，这一层共有两个咖啡间，分别位于走廊的两侧。在咖啡间里放有桶装的速溶咖啡和饮水机。除了部长以外，所有的工作人员都是自己在这里调配咖啡。

"夏洛克的咖啡每次都是你冲好，端到他的办公室吗？"露西再次确认。

女孩肯定地点点头：“几乎都是，除非我不在的时候。”

露西想，冲咖啡的原料放在公共的房间里，如果有人在里面投毒，是无法保证一定能够喝到夏洛克的肚子里去的。所以，毒剂应该不是投到公用的咖啡原料里的。

想到这里，露西仔细地打量着夏洛克的秘书。这位刚刚步入工作岗位的女生被看得浑身不自在。唯一能够准确把毒剂投进夏洛克咖啡杯里的人，就只有这位女秘书了。

不过，直觉告诉露西，投毒的人肯定不会是这个女生。原因很简单：其一，从犯罪动机上来说，一个刚刚毕业的大学生不会与夏洛克有任何冤仇；其二，即使她和夏洛克有冤仇，想杀死夏洛克，也不会用投毒这样如此愚蠢的手段，因为她是夏洛克最直接的接触者，必然会成为第一嫌疑人。

这样看来，夏洛克的咖啡杯里被投毒有两种可能。第一种，夏洛克的女秘书在冲好咖啡后，因为临时有事，并没有及时把咖啡端到夏洛克的办公室，而是放在了公共的咖啡间里。此时，第三者就有了可乘之机，在咖啡杯里投毒；第二种可能，夏洛克在其他地方，比如别人的办公室里喝过咖啡。

想到这里，露西问："昨天，你有没有把夏洛克的咖

啡杯放在公共咖啡间，去做其他事情，后来才把咖啡送
到他的办公室？"

女秘书皱着眉头想了想，然后使劲儿地摇头："绝对
没有。我清楚地记得昨天科长一共喝了五杯咖啡，每一
杯都是我冲完后立即送到他的办公室的。"

"好吧，你可以回去了。"露西的心里已经有了大致
的判断。她决定暂时停止对夏洛克同事的调查。

当露西从咖啡间里走出来的时候，正好迎面碰到密
斯特部长。部长的手里拿着一个咖啡杯，看样子也是来
这里冲咖啡的。

"调查得怎么样了？"密斯特部长关心地问。

露西耸耸肩："密斯特叔叔，看来夏洛克也许真的是
服毒自杀。"

"那真是太——"密斯特很惋惜的样子，"我知道最
近他的工作压力很大，特别是发生了一系列的枪击案之
后，外贸部门的工作一度陷入僵局。也许，都怪我——"

"您这话是什么意思？"露西疑惑地问。

"都怪我给他施加的压力太大了。"密斯特很自责的

样子，"你知道，他是个非常出色的人。我一直把他作为重点培养对象，所以对他的要求更严格。"

"密斯特叔叔，你不要这样想。"露西劝慰说，"这事跟你没有任何关系。"

"但愿吧！"密斯特部长抬头看着天花板，"但愿夏洛克在天堂能原谅我。"

露西看了看手表："密斯特叔叔，我要告辞了。谢谢您对调查工作的支持。"

密斯特部长微笑着说："有需要帮忙的地方，尽管跟我说。"

"好，我不会客气的。"露西向电梯走去。

电梯的门打开了，露西走进去，里面只有她一个人。她在回想着夏洛克的女秘书跟她说的话："除了部长之外，其他的工作人员都在公用的咖啡间里冲咖啡或者茶。"

既然部长的办公室里能冲咖啡，那么今天他为什么会去公共的咖啡间呢？并且，他不是派秘书去，而是亲自去。

第二十三章

绝密狙杀

伊奇国城郊，一个隐蔽的地下工事中，蓝狼军团正在商议着一项绝密的任务。这项任务是他们刚刚在几分钟前接到的。

"这项任务可不好完成。"布鲁克不停地摇着头。

"不好完成也要完成，因为这次任务的佣金比以往多好几倍。"雷特已经变成了独眼龙，但却丝毫没有减少对金钱的欲望。

"别只想着钱。"布鲁克皱着眉头，"如果这次行动不能成功，说不好会把命丢掉。"

"带到棺材里花呗！"雷特真是不知死活。

美佳冷冷地一笑："你要是死了，就把钱留给我。我每逢过节的时候多给你烧些纸钱就是了。"

"想得美！"雷特下意识地摸着自己的钱包，"我的

钱可都是拿命换来的，谁也别想抢。"

"别废话了，咱们赶紧商量行动的方案。"布鲁克吼道。

凯瑟琳一言不发，只顾着往弹匣里压子弹。大家都停止说话，不约而同地看着她。"咔咔咔"，子弹被压进弹匣的声音异常刺耳，就像有人在用锤子轻轻地敲打每一个人的心脏。

"你停一停好不好？"艾丽丝终于忍不住了。

凯瑟琳停下来，把弹匣往枪身上一装，然后端起枪向后拉动枪栓，开始瞄准地下工事里的一个空酒瓶。

"砰！"

凯瑟琳扣动扳机，子弹正中瓶子最细小的颈部。酒瓶从最细的颈部向上被子弹射断，而下面的部分则完好无损。

"枪法不错，可惜你在这里打有什么用？"艾丽丝的话里带刺。

凯瑟琳轻声冷笑："你们不用再商量了，这次行动我去。"

这让其他人都很吃惊，因为大家知道这次行动比以

往都要危险，而且难度更大。布鲁克正发愁该让谁去执行这次任务呢，没想到凯瑟琳主动请缨了。

"你有什么条件，说吧！"布鲁克知道凯瑟琳不会平白无故地去冒险。

凯瑟琳用袖子擦着枪管："这次行动的佣金，一半归我。"

"不行！"雷特第一个反对，"这次行动的佣金最多，凭什么要给你一半。"

"那好，你去！"凯瑟琳把枪放在了桌子上。

其他人都不说话了，因为他们心知肚明，执行这项任务的人，恐怕是有命拿钱没命花。

"好吧！我答应你。"布鲁克看着凯瑟琳，"只要你能完成这次任务，一半的佣金就是你的了。"

"我早知道你们会同意的。"凯瑟琳蔑视地看着这群人，拿起自己的枪躺到床上睡觉去了。

"你看她狂的。"雷特指着凯瑟琳。

"如果你敢去执行这次任务，你也可以狂。"泰勒拍

着雷特的肩膀，"兄弟，狂是需要资本的，而你的资本正在逐渐减少。"

雷特知道泰勒是在讽刺自己，要是按照他以前的脾气，非跟泰勒干上一架不可。可是现在，雷特变得老实多了。原因很简单，自从瞎了一只眼睛后，他在蓝狼军团中的地位便一天不如一天。

蓝狼军团就是这样的一个组织，在他们之间金钱永远比友谊重要。谁能够在这个组织中承担更重要的任务，谁的地位就更高。反之，谁就会成为这个组织中最底层的人，甚至会被抛弃。

距离总统向国民承诺的破案时间只有一周了。露西和红狮军团的忧虑与日俱增。但是，作为一国之首的总统却表现得异常淡定。周一，按照政府的工作安排，总统要在国民广场迎接一位到访的大国政要。

军乐队演奏着欢快激昂的乐曲，总统和那位大国政要并肩走在迎宾红地毯上。两侧仪仗队排列整齐，雄赳赳地挺着胸脯昂着头，接受尊贵客人的检阅。

伊奇国的总统开始向这位大国政要介绍政府官员。这位大国政要一一和伊奇国的官员们握手。总统走上国民广场的演讲台，发表了热情洋溢的演讲，向这位尊贵的客人致敬。

迎接贵宾的最后一道程序是欢迎者和来访者在国民广场上合影留念。总统和来访的客人站在中间。离伊奇国的总统最近的就是石油部长斯密特，可见其在政府中的地位举足轻重。

就在广场洋溢着一片祥和之气时，一条死亡十字线开始慢慢地移动。在死亡十字线的背后藏着凯瑟琳的眼睛。原来，她要执行的任务就是狙杀伊奇国的总统。凯瑟琳虽然是个女生，但胆识却超过了蓝狼军团中其他的人。十字线已经锁定了伊奇国总统的心脏的位置。

狙击手在射击之前都先要调整呼吸，凯瑟琳也不例外。她深深地吸了一口气，稳住枪身，寻找着最佳的开枪时机。

领导人们手拉着手，排成一字。闪光灯噼里啪啦地

闪个不停。密斯特部长的右手握着总统的左手。不知道为什么，他有些心神不宁，总觉得会有什么事情发生。

总统感觉密斯特部长的手在抖，手心出满了汗。他侧过头小声地对密斯特说："你怎么了？是不是病了？"

"没……没有……只是——"密斯特的话还没说完，便突然用力向一侧拉动总统的身体，同时自己向右一步，挡在了总统的身前。

"砰！"

几乎在密斯特部长挡在总统身体前的同时，枪声响起了。

密斯特右肩被子弹击中，顿时鲜血直流，差点儿晕倒在地。总统赶紧大喊："快救人！"

保镖们蜂拥而上，将高官们保护起来。

密斯特部长的脸色苍白，豆大的汗珠从额头滚落下来。总统握着密斯特的手："要不是你，我就没命了。"

"您对我有知遇之恩，即使为您粉身碎骨我都心甘情愿。"密斯特每说一个字，都会感到剧烈的疼痛。

　　总统命令手下："快把部长送到医院抢救，快！"说着，眼泪便流了下来。

　　总统的脑海中快速地闪过自己与密斯特共事的时光。密斯特曾经是他的秘书，精明强干，事无巨细。

　　凶手，凶手在哪里？由于伊奇国的枪击案频发，今天警察局特意加强了安保措施。每一个路口都有警察在站岗，看来凯瑟琳是别想逃跑了。

　　突然，天空中出现了一只"大鸟"。没错，那就是凯瑟琳，她早就做好了从空中撤退的打算。凯瑟琳在发射完子弹之后，立刻展开了动力三角翼，从楼顶上向前奔跑，然后猛地腾空而起。

　　动力三角翼，是特种兵在敌后作战时，经常使用的一种单兵飞行器。与普通的三角翼不同，动力三角翼上装有一个小型的发动机，可以使它在空中长距离飞行。

　　警察和保镖们抬头看着从空中飞过的"大鸟"，干着急没有办法。就在这时，他们看到一个个"鸟蛋"正从大鸟上往下掉。地面的人吓得如鸟兽散，向四周逃窜而去。

第二十四章

放线钓鱼

　　俗话说：没有金刚钻不揽瓷器活。凯瑟琳对这次狙杀行动进行了精心的策划。除了动力三角翼，她还携带了好多发烟手榴弹。当凯瑟琳从人群上空飞过的时候，为了防止下面的人跟踪甚至用高射机枪向她射击，便将一枚枚发烟手榴弹扔了下来。

　　地面上的人看到三角翼上抛下了一枚枚炸弹模样的东西，生怕被炸到，所以都散开躲了起来。发烟手榴弹落地以后，顿时冒出滚滚浓烟。一个发烟手榴弹，足可以将几百平米范围内的视线完全遮挡。

　　凯瑟琳一连投下十几个发烟手榴弹，国民广场上浓烟四起，变得乌烟瘴气。浓烟还带有刺激性的气味，人虽然躲了起来，但是烟却无孔不入，所以人们被呛得一把鼻涕一把泪，根本无法睁开眼睛。

"这一半的佣金归我了。"凯瑟琳在空中兴奋地大叫。

在另一栋大厦的顶上，有一个人静静地趴在上面，手里拿着一个望远镜，看着凯瑟琳向远处飞去。他的身边放着一支狙击枪，射程不足以攻击到凯瑟琳。不过，即使这支枪能够射到凯瑟琳，这个人也不会开枪，因为他要看凯瑟琳到底会飞向哪里。

这个人是秦天，他早就藏在这栋大厦的楼顶，等待着蓝狼军团出现了。红狮军团已经在城市的不同方向设置了观察哨，目的就是要观察出"凯瑟琳"会飞向哪里。

"亨特注意，凯瑟琳向七点钟方向飞去了。"秦天看着凯瑟琳的背影呼叫队友。

亨特正埋伏在七点钟方向，收到秦天的呼叫以后，立即拿起望远镜在空中搜索。很快，他便看到一只"大鸟"朝自己的方向飞来。

"要不是想把你们一网打尽，我非一枪把你打下来不可。"亨特嚼着口香糖，自言自语。

亨特手中拿着高倍望远镜，清晰地看到凯瑟琳继续向

东北方向飞去。动力三角翼的飞行距离有限，当那台小型发动机的燃油即将耗尽时，驾驶者就必须开始降落了。

在亨特的望远镜中，凯瑟琳驾驶的三角翼已经开始降低飞行高度。最终，三角翼消失在亨特的视线中。他知道凯瑟琳已经落地了。亨特立刻启动数字地图，寻找凯瑟琳的落点。

"劳拉注意，凯瑟琳的落点在城区东北方向，距离市区十公里的炼油厂附近。"亨特立即将推算出的位置通报给了劳拉。

"收到！我马上赶过去。"劳拉和朱莉正守候在东北方向的城郊，距离亨特所说的炼油厂大约五公里的距离。

"记住，不要打草惊蛇，一定要收集证据。"亨特叮嘱劳拉和朱莉。

"明白！"劳拉和朱莉驱车向着炼油厂方向而去。

画面转到凯瑟琳，她已经平稳地落地。一辆皮卡车急速驶到凯瑟琳的身边，驾驶室里探出一个脑袋。

"快上车！"布鲁克喊。

　　凯瑟琳将三角翼扔进皮卡车的车厢里，然后坐进副驾驶的位置。布鲁克知道红狮军团没那么简单，说不定正在朝这边赶来，所以他不敢停留片刻。

　　凯瑟琳擦着额头的汗，总算长出了一口气。她在盘算着这一半的佣金该怎么花。布鲁克用眼角的余光瞄了凯瑟琳一眼，称赞道："今天的任务完成得很漂亮。"

　　"那当然，不是每个人都敢冒这个险。"凯瑟琳很得意。

　　布鲁克点着头："没错，要不然谁不想拿一半的佣金呢！不过——"话说到半截，布鲁克又咽了回去。

　　"你不用说了，你一张嘴，我就知道你要说什么。"凯瑟琳歪嘴狞笑着。

　　"知我者，凯瑟琳也！"布鲁克晃着脑袋。

　　凯瑟琳是个爽快的女汉子，她直截了当地说："你负责接应我，也算帮了不小的忙。所以，我在这一半佣金里拿出一万美金给你，这样总可以了吧？"

　　"我就喜欢跟你搭档。"布鲁克的喜悦已经写在了脸上，"你为人最爽快，不像某些人连一毛钱都斤斤计较。"

"你是说美佳吗？"凯瑟琳问。

布鲁克的眼珠一转："我可没点名道姓，你自己对号入座就行了。"

说话间，布鲁克驾驶皮卡车驶进一片由高高围墙圈起来的厂区。这是一个炼油厂，不过由于输油管道出现了故障，工厂暂时停工了。碗口粗的管道连接在巨型的储油罐之间，使整个厂区看上去像一座迷宫。

布鲁克驾驶皮卡车在油罐之间穿行，左拐右转，很快便钻到了炼油厂的深处。地下工事里，雷特正往嘴里扔着爆米花，他断定凯瑟琳不会活着回来了。他想如果是那样的话，自己拿到的佣金不但不会比现在少，反而会比现在多，因为少了一个人分钱。想到这里，雷特甚至有些高兴，竟然不自觉地问："你们说凯瑟琳能活着回来吗？"

刚问完这句话，雷特就后悔了。这是因为虽然每个人都有自己的小算盘，甚至是心怀鬼胎，但是要把心里话说出来，那可就不明智了。

"不用猜，我回来了。"

更令雷特觉得自己傻的是，他刚刚问完这句话，凯瑟琳的声音便从外面传来了。

雷特一骨碌从床上坐起来，用他的独眼看着门口。

"我活着回来，你们是不是很失望？"凯瑟琳一只脚已经踏了进来。

雷特呆呆地看着凯瑟琳。美佳和艾丽丝自然不用说，心中瞬间生满了嫉妒和恨，唯独没有羡慕。三个女人一台戏，在一个雇佣兵小队里有三个女人，当然不会太消停。

唯独泰勒脸上露出笑容，快步迎了上去："我就知道你能行。"

凯瑟琳并不领情，对泰勒说："你也别装了。你们心里是怎么想的，我早就一清二楚了。不过，那又怎样，反正一半的佣金是我的了。"

得意之情洋溢于表，凯瑟琳坐在桌子旁给自己倒了一杯热水。她早就看透这些队友，在关键时刻只有布鲁克一个人愿意去接应她，这就说明其他人都在盼着她亡

命沙场，好多分一份佣金。

"你也别高兴得太早了。"雷特缓过神来，"虽然你平安归来，但是你确保已经完成任务了吗？如果没有完成任务，可不能拿走那一半佣金。"

这句话提醒了其他人，纷纷跟着说："在没确定你完成任务之前，钱不能转到你的账户上。"

"真是一群小人。"凯瑟琳对这些家伙简直厌恶透了，正是因为如此，她才会去冒险执行这次看似不可能完成的任务。她想在拿到这笔巨额佣金后，退出蓝狼军团，远离这些讨厌的家伙。

"哼！我们是小人，你又算什么呢？"美佳忍不住了，"亲兄弟还要明算账呢！我们自然也要把丑话说在前头。"

为了钱，这些人开始了一场内斗。殊不知，危险正在一步步地向他们靠近……

第二十五章

神秘的油厂

劳拉驾驶汽车向炼油厂的方向驶去。同时，红狮军团的其他人也正在向那里机动。在驶往炼油厂的途中，劳拉发现路边的草丛有被踩踏过的痕迹。她猜测那个位置一定是凯瑟琳的落点。

在导航仪的引导下，劳拉驾驶汽车继续向炼油厂行驶。不久，在劳拉的视线中便出现了高高的围墙，巨型的油罐高耸在十几米或者是几十米的半空中，粗粗的管道连接在油罐之间。

"亨特，我已经到达炼油厂附近。"劳拉报告。

亨特正驾驶汽车朝这边疾驰而来，听到劳拉的呼叫，立即答道："少安毋躁，我马上就到。"

劳拉并没有驾驶汽车开向炼油厂的大门口，而是一打方向盘往工厂的后面开去了。工厂的正门一般都安装有

监控设备，所以劳拉是故意要躲开安装在门口的摄像头。

汽车紧贴着围墙，转到了工厂的后面。劳拉从车里下来，抬头望着足有三米高的围墙。她想在其他人到来之前，先进去探探路。于是，她站到汽车顶上，然后向上一跃，轻松地爬上了墙头。

站在墙头上，炼油厂的全貌尽收眼底。劳拉并没有急于跳下去，而是用手机分几次将炼油厂的布局拍了下来。整个厂区的面积可不小，足足有几百亩。劳拉还发现了新的情况，那就是这个炼油厂实际上已经处于伊奇国的边境。从她所站的位置向远处望去，劳拉可以看到伊奇国与密尔国的边境线。在界碑旁，两国的边防警察正在来回地巡逻。

伊奇国是个国与城合二为一的小国，伊奇城便是整个国家的主体了。出了伊奇城向北十几公里便会到达边境，这是劳拉早就知道的。不过，今天她站住墙头上看着两国的交界地带，却还是有一种别样的感受。

这个炼油厂设在边境附近也有它的考虑。边境地区

是油井最集中的地方，在这里炼油可以减少管道的铺设，节省运营成本。最主要的是，国土有界限，而地下的石油则没有界限，在两国交界的地方，谁的抽油技术好，谁就会从地下抽走更多的油。

密尔国与伊奇国一样，也是一个小得不能再小的国家。密尔国同样石油资源丰富，但是它的采油和炼油技术都不够先进。因为对石油资源的争夺，密尔国与伊奇国表明上和善，但背地里密尔国却恨不得一口吃掉对方。这些年密尔国一直在发展军力，花重金组建了一个雇佣军团。说不定哪天战争就会在这两个国家之间爆发。

劳拉对这些情况都有所耳闻，只不过今天亲眼看到了边境的状况，才突然感觉到其实世界可以很大，也可以很小。她跳进了院子里，一根比她大腿还粗的管道横在了面前。这些管道是用来冷却和分离燃油的。

劳拉谨慎地向前走去。她早就观察好了，在厂区的中间有一排房子，那里应该是工作人员的休息区和办公室。令劳拉感到奇怪的是，偌大的一个炼油厂里，她竟

然没有看到一个工人。这也令她更加确信，蓝狼军团就躲在这里。

就在劳拉在油罐和管道之间穿梭而行的时候，有几个人已经发现了她。这几个人就是蓝狼军团的雇佣兵。在地下工事中，本来蓝狼军团正在为佣金的事情发生争执。

突然，布鲁克大喊了一声："都别吵了！"

其他人都看着布鲁克，不知道发生了什么。布鲁克指着地下工事里的监控器："有人进到厂区里来了。"

屏幕被分成了四个方格，分别显示着不同方向的图像。艾丽丝静静地盯着显示屏，足足有十几秒，也没看到一个人影。

"你是不是看走眼了？"艾丽丝问。

布鲁克说："我绝对不会看错的。"

画面显示的仍然是那些纵横交错的管道和圆柱形的油罐。雷特有些不耐烦了："没人能找到这里，即使能找到这里，也发现不了地下工事。"

泰勒也放松起来："你们忘了？上次那么多警察进

行全城搜捕，都搜到工厂里来了，还不是照样没发现咱们。"说着，泰勒重新坐到桌子旁，将一颗花生米抛到空中。然后，他张开嘴接住落下来的花生米，嚼起来。

"嘎嘣……嘎嘣……"嚼花生米的声音在寂静的地下工事里响起来。

"啪！"

不知道什么东西打在了泰勒的后脑勺上。他恼怒地转过头，刚要发火，却吃惊地张开嘴，没有出声。一颗花生米从他的嘴里滑落下来，"吧嗒"一声掉在了地上。

泰勒看到在监视器的屏幕上有一个人影快速地闪了过去。虽然只是一个背影，但是他却能一眼认出这个人。

"是劳拉！"泰勒紧张地说。

"一定是你把她引来的。"雷特指着凯瑟琳，语气中充满了责备。

"别把责任往我的身上推。"凯瑟琳忍雷特好久了。她顺手拿起枪指着雷特的头，威胁道："信不信，我把你的这只眼也打瞎。"

雷特是个愣头青，一把抓住凯瑟琳的枪管，往自己的左眼上一拉。"我不信，你开枪呀！"

枪口离雷特的眼睛只有0.1厘米，凯瑟琳手在抖，心跳加速，一股热血冲上头顶。

"去死吧！"凯瑟琳愤怒地大吼一声，手指扣动了扳机。

"砰！"

一声枪响，地下工事里所有的人都惊呆了。

雷特瘫坐在地上，两条腿不停地抖动着。雷特万万没有想到凯瑟琳会真的开枪。雷特并没有死，只是被吓得如烂泥一般瘫软。这要感谢布鲁克，是他看出了凯瑟琳的情绪已经失控，预见性地推开了枪管。子弹贴着雷特的耳边飞过，射在了地下工事的水泥柱子上，飞溅出一簇火星。

"仗还没打，你们就内斗起来了。"布鲁克被气得脸铁青。

雷特终于缓了过来。他猛地站起来，掏出手枪，就

要跟凯瑟琳拼命。泰勒从背后一把抱住雷特。布鲁克夺下他手中的枪，朝他怒吼："你还没完了，是不是？"

"是她先下狠手的！"雷特情绪激动。

"是你先找碴儿的。"布鲁克瞪着雷特。

雷特不服："你偏袒凯瑟琳。"

"不管有什么恩怨，等离开伊奇国再说。"艾丽丝说。

这句话起了作用。可是，他们这么一闹却耽误了大事，监视器的屏幕上已经找不到劳拉的踪影了。

第二十六章

孤胆英雄

　　劳拉去哪儿了呢？她仍然在炼油厂的厂区里，只不过行动变得更加隐蔽了。劳拉很细心，在两个油罐之间的管道间走过时，发现一根横在半空中的油罐上竟然有个摄像头。于是，她变得更加小心了。在移动的过程中，劳拉总是躲在障碍物的后面，先观察周围有没有摄像头，然后再继续前进。她巧妙地在油罐之间辗转腾挪，避开一双双"眼睛"。

　　在地下工事中，蓝狼军团看不到了劳拉的踪影，开始变得躁动起来。最沉不住气的还是雷特，他说："咱们是不是被发现了？不行的话，就撤吧！"

　　"要撤你撤！不过别想拿到佣金。"布鲁克对雷特简直厌恶透了。

　　雷特瞪着独眼："凭什么？为了这次任务，我瞎了一

只眼，应该拿到更多的佣金。"

"还不是你自己蠢，别人怎么都好好的。"凯瑟琳瞪了雷特一眼。

"怎么又吵起来了？"美佳站出来当老好人，"等完成这次任务再商量酬金的事。"

泰勒拿起一把短枪："我先出去看看，你们听我的话再行动。"关键时刻，泰勒要比别人冷静。

"多加小心！"布鲁克叮嘱道。

泰勒回头轻松地一笑，拎着短枪向外走去。泰勒拎着微型冲锋枪快步走上台阶。他按下墙壁上的一个红色按钮，头顶上的两块石板向外展开，刺眼的光线照射进来，晃得泰勒闭上了眼睛。

地下工事的出口在一间厂房里，泰勒从地下工事走出来，并没有急于走出这间厂房，而是透过玻璃窗谨慎地向外观察。厂区里静悄悄的，看不到一个人的影子。

"你往B区走，红狮军团可能在那里。"耳机里传来布鲁克的声音。

布鲁克一直在通过监视器观看着厂区里的情况，随时向泰勒进行通报。整个厂区被蓝狼军团分成了A、B、C、D四个区域，这样做是为了在作战时方便向队友传达自己的位置，或者通报敌人的位置。

泰勒走出厂房，开始向B区慢慢地运动。他同样利用地面上的炼油设备躲闪着前进，以防被对手发现。他的脚微微抬起，先是脚跟轻轻地落地，然后慢慢地将力量转移到脚掌。无声无息才能使自己更加隐蔽，泰勒知道在这种环境下脚步声是暴露自己的罪魁祸首。

劳拉的确正在B区。她身体紧贴着一个大油罐，轻轻地向前迈动步子。在这个油罐的另一侧，泰勒正在朝与她相反的方向运动。两个人交错而过，谁也没有发现谁。

劳拉的运动方向是由北向南。泰勒行进的方向是由南向北。太阳迎面照到劳拉的身上，并因此在她的身后形成了长长的影子。在夕阳下，微风中，影子是美的。可在此时，影子却可能给它的主人带来杀身之祸。

泰勒警觉地向左看去，在隔着一个油罐的侧面小路

上一条细长的影子正在向前移动。他心中大喜，立即握紧了手中的枪，蹑手蹑脚地朝劳拉的身后转去。

劳拉丝毫没有察觉，更不会想到影子会出卖自己。她继续向着那排房子行进。忽然，背后传来金属碰撞的响声。这声音虽不大，但足以令劳拉意识到了问题的严重性。她迅速一闪，躲到了油罐的南侧。

金属碰撞的声音是枪管和管道碰到一起发出来的。泰勒正在痛恨自己，本来可以神不知鬼不觉地转到劳拉背后的。可是，他竟然犯了一个最低级的错误——没有注意到身边有一根铁管，而枪管恰恰就不小心碰到了铁管上。

泰勒的身体紧贴着油罐，不敢再向前一步了，因为他知道也许一个黑洞洞的枪口正在等着他把头探出去呢！

劳拉屏住呼吸，一动不动，静静地等待着对手的出现。但是，时间像瞬间静止了一样，空气似乎也停止了流动，劳拉再也听不到任何动静了。她猜测敌人就在自己的对面，于是悄悄地沿逆时针方向朝油罐的背面转去。

　　本来泰勒占据了主动，可此时他已经完全处于和劳拉平等的局面了。泰勒转过身，沿顺时针方向运动，也准备转到对面去给劳拉来个措手不及。就这样，两个人鬼使神差地向着同一个交点而去。

　　心跳声甚至大过了脚步声，两个人的神经都绷得像拉满弦的弓，只要一松手就会将身体弹射出去了。泰勒来到油罐的拐角处，他多了一个心眼，把枪径直向前伸。这叫"投石问路"。

　　没想到的是，另一支枪管从拐角的另一面也伸了出来，两支枪默契地相撞了。劳拉和泰勒都被惊出一身冷汗，慌忙之中两颗子弹同时射了出去，各自朝着毫不相干的方向飞去了。

　　劳拉手疾眼快，一把抓住了泰勒的枪管。泰勒的手也不慢，劳拉的枪也被他攥在了手中。两个人一齐从拐角处跳出来，各自用力抢夺对方的枪。一场枪战瞬间演化为一场近身的搏斗。

　　泰勒毕竟是男性，力气要比劳拉的大得多。劳拉自

然知道自己的弱点，不敢与泰勒硬拼。她的脚尖向上抬起，直接朝泰勒的裆部踢去。这招可够绝的，俗称"断子绝孙脚"。

泰勒反应迅速，两腿的膝盖向里并紧。劳拉这一脚被拦阻在半路上。泰勒抬起腿，膝盖朝劳拉的腹部撞去。两个人互相抓着对方的枪，身体几乎是贴在一起的。所以，泰勒的这招令劳拉无法躲避，她的腹部被重重地撞了一下，顿时疼得她皱紧了眉头。

劳拉强忍疼痛，身体进行180°旋转，后背转向泰勒的正面。劳拉向前弯腰，泰勒的身体被迫贴在她的后背上。紧接着，劳拉用力向前拉动双臂，同时腰部和臀部用力，将泰勒从背后掀翻到面前的地面上。直到此时，两个人的双臂已经成交叉状，但却依然抓住对方的枪不肯放手。

第二十七章

厂区激战

　　劳拉与泰勒的打斗画面被地下工事里的人看到了。

　　"快出去帮忙！"布鲁克大喊一声，抄起一支枪便往外跑去。

　　蓝狼军团的雇佣兵一个接着一个地往外跑，唯独雷特拖拖拉拉不想上去。

　　"雷特，你快点儿！"艾丽丝回头朝他喊，"现在是一致对外的时候，你可别有二心。"

　　"我才没有二心呢！"雷特气哼哼地赶上来。

　　布鲁克冲在最前面，径直向B区跑去。此时，劳拉和泰勒都倒在地上，互相扭打着，而两个人的枪已经抛到了一旁。布鲁克在跑动的过程中将子弹推进膛。看到劳拉后，他端起枪试图瞄准劳拉，但劳拉和泰勒一直处于滚动的过程中，布鲁克一时间无法开枪。

转眼间，布鲁克已经离劳拉只有十几米的距离了。布鲁克停住脚步，将枪口对准劳拉，只要扣动扳机，必定将劳拉送上西天。劳拉已经看到了布鲁克，她双腿蹬地，竭尽全力移动身体。可是，泰勒却死死地拖住她不放。

"砰！"

劳拉下意识地闭上了眼睛，认为自己死定了。可奇怪的是，枪声过后劳拉却清醒地感觉到自己还活着。

当劳拉睁开眼睛的时候，布鲁克已经不在自己的面前了。原来，刚才那一枪并不是布鲁克开的，而是秦天。

红狮军团的其他人在关键时刻赶到了。秦天稍微比其他人早了那么一步，正好看到布鲁克要朝劳拉开枪，便在慌忙之中朝着布鲁克开了一枪。这一枪虽然没有打中布鲁克，但却把他吓得躲了起来。

秦天站在一个油罐上，纵身向下一跳，同时扣动扳机。一个弹匣的子弹被连续发射出去，蓝狼军团躲闪起来，不敢露面了。

泰勒见势不妙，松开了劳拉的手，从地上翻身而起

就要逃跑。劳拉也没有再和泰勒纠缠，因为她知道暴露在外面的危险系数极高，所以也快速地躲了起来。

秦天来到劳拉身边，从腰间的枪套里掏出一把手枪递给劳拉。

"你没事儿吧？"秦天上下打量了劳拉几眼。

"好着呢！"劳拉一只手握着枪，另一只手在脸上抹了一下，结果脸上更脏了。

红狮军团和蓝狼军团各自躲在障碍物的后面，谁也不肯轻易出头。劳拉曾经仔细地观察过厂区里的布局，所以对这里有个大致的了解。她对秦天说："你跟我来！"

秦天和劳拉一个朝前，一个朝后，背对着背小心地向前走去。劳拉判断布鲁克和泰勒就藏在斜对过的油罐后面，所以想和秦天包抄过去。一个箭步，劳拉跃过狭窄的通道，身体紧贴着对面的油罐。她静静地停了几秒，然后朝秦天招手。

秦天先是左右观察，然后腾身而起，来到了劳拉的身边。劳拉指了指右侧，意思是秦天从右侧转过去，而

自己从左侧转过去，二人一左一右包抄布鲁克和泰勒。

秦天先是摇头，然后指了指地面，又指了指油罐的顶部。这些动作的意思是让劳拉待在原地不动，而自己爬到油罐的顶部去，从上面发起攻击。劳拉点头，因为她相信秦天的判断是正确的。

在秦天的身边有一根碗口粗的管道，他双手抓住管道轻松地将身体拽离地面，轻松爬到了油罐的顶部。秦天并不是站在油罐的顶部，因为那样必然被蓝狼军团的其他人发现，成为众矢之的。他像条壁虎那样趴在油罐上，慢慢地向前爬，这是标准的低姿匍匐动作。

快要爬到油罐的另一头时，秦天从腰间摸到一枚闪光雷。他准备先把这枚闪光雷扔下去，令躲在下面的对手瞬间失明，无力反击。

"嘭！"

一声不大不小的响声，紧跟着一道强光闪起。秦天纵身跃下，枪口迅速对准了预测的敌人方向。可是，秦天的眼前并没有敌人。秦天知道自己已经处在了危险之

中。说时迟那时快，秦天以毫秒的速度倒在地上，连续翻滚。

"砰砰砰——"

子弹追随着秦天滚动的轨迹，雨点般落在他的身边。幸亏秦天的反应够快，否则已经千疮百孔。

当秦天幸运地逃脱，躲到另一个油罐后面时，他的左臂已经被血染红。秦天咬着牙想抬起左臂，但是只抬到水平状态便再也抬不起来了。

布鲁克和泰勒正在暗笑，他们的诡计得逞了。这两个家伙料到红狮军团会包抄过来，所以提前转移到了另一个油罐的后面。秦天扔出的闪光弹并没有对他们构成任何威胁，反而让他们知道了秦天的位置。

不过，布鲁克也有些失望。他没想到秦天的战术动作会如此敏捷，竟然达到了无缝连接的地步。他小声对泰勒说："快撤，不能和他们硬拼。"

泰勒也是这样想的，他见红狮军团已经倾巢出动，便知道好景不长了。两个人转身，快速向地下工事的入

口跑去。同时，布鲁克呼叫蓝狼军团的其他人，命令他们迅速返回地下工事。

劳拉看到秦天的手臂不停地流血，心疼不已。她知道秦天身上的伤已经不少了，特别是那颗留在脑子里至今没能取出来的弹头。特种兵也不是钢铁铸造的，劳拉不想秦天一次次地受到伤害。

"我没事，估计就是皮外伤。"秦天说。

劳拉掏出止血药撒在秦天的伤口上，忧虑地说："你最好停止战斗。我叫露西派救护车过来。"

"不要！"秦天看着劳拉，"露西有更重要的事情要去做。成败就在此一举了。"

劳拉了解秦天，从他的眼神里劳拉看到了坚定不移的决心。

"好吧，你要多加小心。"劳拉将纱布绕在秦天的胳膊上，"你知道身体对一名特种兵是多么重要，切不可因小失大。"

"我明白！"秦天看着劳拉，"我会好好照顾自己的。"

在厂区的另一个位置，亨特和朱莉看到对面的一个
油罐旁有一个长长的人影投射在地面上。他们断定那个
油罐的后面一定藏着蓝狼军团的雇佣兵。亨特说："我
上，你掩护！"

朱莉身体靠在油罐上，用枪托抵住肩窝，枪口对着
人影的方向。亨特则谨慎地向着目标的方向前进，他要
突然出现在敌人的身后，给敌人来个措手不及。

第二十八章

走为上计

亨特弯着腰，就像一头猛兽在对猎物发起攻击前那样谨慎地靠近猎物。朱莉同样丝毫不敢懈怠，注视着亨特前方的情况，做好了随时发射子弹，掩护亨特的准备。

再向前一步，亨特就可以转到黑影的身后了。他屏住呼吸，双手握紧枪，猛地跳了出来。眼前的画面令亨特呆住了，前方并没有人，只有一个塑料做的人体模特。毫无疑问，所谓的人影是这个假人投射出来的。至于假人是从哪儿来的，亨特根本无心去想，因为他现在要想的是如何从枪口下逃生。

狡猾的蓝狼军团用一个假人便将亨特诱骗过来，而真正的敌人就躲在附近的障碍物后面。亨特自然清楚这一点，他绝不会坐以待毙。只见，亨特将头猛地向下一压，整个身体弯成九十度，戴着头盔的头顶朝向前方，

而身体的要害部位则都被掩护起来。亨特这样做的目的很明显，那就是在不能逃避攻击的情况下，尽量保住自己的命。

"砰！"

一颗子弹射来，正中亨特的头盔。这头盔还算给力，只是被击出了一个弹坑。第一发子弹没有要了亨特的命，他就有了逃生的时间。在眨眼的一刹那，亨特便躲到油罐的后面。随后射来的几发子弹都没有击中亨特，只是打在厚厚的油罐上，溅起了点点火星。

发射子弹的是雷特，他气恼至极，心想要不是自己瞎了一只眼，而且是右眼，绝不会让亨特跑掉的。的确如此，独眼的雷特在射击时非常不适应，命中率自然大幅下降了。

听到枪声，又见亨特仓促地躲藏，朱莉便知道亨特中了蓝狼军团的诡计。但是，从朱莉的角度看去，她并不能看到蓝狼军团的踪迹，所以也就无法对蓝狼军团进行还击。不过，朱莉认为这倒是个螳螂捕蝉黄雀在后的

好机会。枪声暴露了敌人的位置，于是她迅速地朝枪声的方向绕去。

雷特没有能射杀亨特，知道自己的位置已经暴露，便转身准备机动到另一个位置。刚转过身，雷特就看到了突然出现的朱莉。两个人都非常紧张，几乎同时朝对方开了一枪。

慌忙之中的胡乱射击，两个人都没能伤到对方。雷特知道亨特很快会从自己的背后杀过来，到时候自己必定腹背受敌。雷特的身体向右一转，钻进了两个油罐的夹缝中间，然后穿行而过向前跑去。亨特和朱莉分别从左右两边追上去，但由于障碍物的遮挡一直找不到射击的机会。

有一个人一直藏在暗处观察着这一切，她曾多次举起枪想要朝朱莉开枪，但却又都放了下去。这个人就是凯瑟琳。她并非心慈手软，也不是吃里爬外，想帮助红狮军团。凯瑟琳只是出于对雷特的怨恨才不肯开枪的。亲手杀了雷特是不可能了，但是让她出手去救这个独眼

龙的可能性也几乎为零。凯瑟琳本来有机会在暗中射击进入视线的朱莉，但是她最终决定放弃这次机会。

雷特虽然变成了独眼龙，但是这丝毫不影响他运动的速度。在短短的一两分钟内，朱莉和亨特便将雷特跟丢了。此时，正在逃跑的雷特突然接到布鲁克的呼叫。布鲁克下达命令，让所有人立即撤回地下工事。凯瑟琳同样接到了命令，她沿着一条熟悉的路线快步向厂房跑去。

在厂区的另一处，两位壮汉正在和两位美女交战。壮汉是亚历山大和詹姆斯。美女则是艾丽丝和美佳。亚历山大手持野牛冲锋枪向美佳扫射。美佳且战且退，灵活地向地下工事的入口处转移。

美佳轻盈地在各种障碍物间穿行。亚历山大则恰恰相反，他虽然不至于用"笨重"二字来形容，但与美佳相比可用两种动物来比较：一种动物是金丝猴，另一种动物是狗熊。金丝猴在树木间飞越飘荡，狗熊在地面奋力追赶，结果是不说自明的。

詹姆斯在与艾丽丝的较量中完全占据了上风。艾丽

丝躲在障碍物的后面不敢出来。在接到布鲁克的命令后，艾丽丝想快速撤退，但没想到詹姆斯已经转到了她的退路上。无奈之下，艾丽丝只好采取迂回战术，向一侧跑去。同时，艾丽丝向布鲁克发出紧急求助："对方的火力猛烈，我一时难以脱身，请求支援。"

此时，布鲁克和泰勒已经快跑到厂房的入口。他急忙问道："你在什么位置？"

"我在C区。"艾丽丝回答。

"我马上过去帮你。"艾丽丝的耳机里传来凯瑟琳的声音。

凯瑟琳的位置距离C区最近。从开战至今，她还一枪未发，就这样逃进地下工事还真有些不甘心。

"谢了！"艾丽丝对凯瑟琳说。

凯瑟琳快步向C区跑去，正好看到且战且退的艾丽丝。她躲在障碍物的后面，通过耳机喊道："艾丽丝，你向两点钟方向跑。我负责拦截追上来的红狮军团。"

"明白！"艾丽丝朝两点钟方向跑去。

　　詹姆斯从后面追上来，正好进入了凯瑟琳的视线。如今的詹姆斯脚伤已经痊愈，在各种障碍物间急速奔行异常灵活。凯瑟琳藏在暗处，悄悄地瞄准詹姆斯。

　　突然，从凯瑟琳的右方传来一阵沉重的脚步声。凯瑟琳不能判断出这脚步声来自敌方，还是来自己方。慌忙之中，她朝奔跑中的詹姆斯开了一枪。这枪本来瞄得很准，但没承想詹姆斯正好机动到一根管道的后面，子弹击中了管道，发出了金属撞击的响声。

　　"哈哈，你在这儿呀！"

　　凯瑟琳听到一声粗野的喊叫。这不是队友的声音，她立刻一个翻滚，躲到了油罐的另一侧。

　　亚历山大在追美佳，没想到却偶遇了凯瑟琳。他这个粗心的家伙分不清谁是美佳，谁是凯瑟琳，或者谁是艾丽丝，反正就记得她们都是模样俊俏的女生。所以，当亚历山大看到凯瑟琳的时候，还以为自己追上了美佳，于是便发出了惊喜的叫声。

第二十九章

追进工事

　　由于凯瑟琳的半路截击，詹姆斯耽搁了时间。艾丽丝趁机躲避起来，并利用障碍物的遮挡，悄悄地向地下工事的入口运动而去。詹姆斯左右察看，已经找不到了艾丽丝的影子。但是，他知道蓝狼军团一定是向厂房的方向逃去了，所以便朝那个方向追去。

　　凯瑟琳和亚历山大纠缠在一起。亚历山大朝着凯瑟琳藏身的地方连续发射子弹，一个弹匣就这样被他打光了。他躲到障碍物的后面去换弹匣。凯瑟琳见枪声停止，并没有探出来还击，而是像离弦之箭一般飞奔出去。

　　换好弹匣的亚历山大看到一个黑影在管道和油罐之间闪过，等他再去捕捉凯瑟琳的时候已经晚了。亚历山大只好拎着枪朝前追去，很快便看到了那排整齐的厂房。

　　凯瑟琳是最后一个冲进厂房里的。红狮军团的特种

兵从不同的方向追过来，并不停地向厂房的方向开枪。他们知道这样开枪并不能击中敌人，但是又必须如此。因为此时的蓝狼军团已经进入厂房，如果不以强猛的火力进行压制，他们就会把头探出来对追击的红狮军团进行精准射击。

"快进去！"

地下工事的入口敞开着，布鲁克招呼大家快速进入工事。他躲在房间的窗户后，准备拦阻追击的红狮军团，但是子弹不停从窗口射入，令他不敢抬起头来。

如果红狮军团追到地下工事里，那可就麻烦了。布鲁克左顾右盼，希望可以找到帮助自己阻击红狮军团的东西。一个汽油桶进入布鲁克的视线。这个油桶是他们放在房间里的，里面装满了汽油，用来给他们的越野车加油。

看到这个油桶，布鲁克嘴角一翘，有了办法。他将油桶放倒，用脚一蹬，油桶滚到了门口。然后，布鲁克转身进入了地下工事。他将工事入口的两块石板关闭，

只留下了一条缝隙。布鲁克将枪管从缝隙中伸出，对准门口的油桶，静静地等待着送上门来的红狮军团。

亨特冲在最前面，在距离门口还有不足五米远的位置，他突然停了下来。亨特扬起左手，手心朝后，意思是停止前进。看到亨特发出停止信号后，后面的人立即停止前进，谨慎地观察着不同的方向。亨特之所以让大家停了下来，是因为他看到了门口的油桶。

布鲁克通过缝隙看到红狮军团停了下来，心想他们真是狡猾。布鲁克希望亨特能再往前走那么一点点，他就可以发射子弹，击中那个油桶了。

亨特谨慎地向前迈了一步，然后突然身体向侧面倒去，在向远处滚动之中已经扣动了扳机，子弹朝油桶飞去。布鲁克没有想到亨特会有这一举动，还来不及完全关闭入口的石板，便看到了一团冲天的烈火，爆炸声震得厂房的玻璃碎了一地。

冲击波从石板的缝隙冲进去，布鲁克感觉到自己的胸口就像是被人捶了一拳。布鲁克本想在红狮军团冲到

油桶前的时候，将油桶引爆，炸伤这些对手。可是，他没想到红狮军团不但没有上当，反而看出了他的伎俩，竟然先开枪把油桶引爆了。

本来亨特也不确定这个油桶里是否有油，可是当他又向前迈出了一步时，发现在油桶的后方有一条长长的轨迹。这条轨迹是油桶在地面滚动时，从里面漏出来的油形成的。

通过这一迹象，老练的亨特马上猜出了蓝狼军团的阴谋。于是，他快速地向侧面躲闪，同时先发制人，开枪击中了油桶。由于红狮军团距离爆炸的油桶还有一段距离，况且已经趴在地上做好了准备，所以爆炸产生的冲击波并未对他们造成伤害。

油桶爆炸产生的一团火迅速扩大，很快便将厂房的门窗引燃了。亨特知道蓝狼军团逃进了这间厂房，猜测里面肯定有通往外界的暗道。亨特从地上爬起来，冲向厂房的门口，从火苗之中跳了过去。紧跟着，其他人也都穿越火障，冲进厂房里。厂房里除了有一些生产工具，

根本看不到蓝狼军团的影子。

"大家快找找，这里一定有暗室。"亨特喊。

红狮军团的特种兵分头在厂房里寻找。汽油桶里流出的汽油开始向厂房里蔓延，火苗也跟着延伸过来。如果再找不到地下工事的入口，红狮军团就必须撤出厂房了，否则他们会葬身火海。

亚历山大开始急躁起来，他随手捡起地上的一根铁管到处乱砸。突然，秦天脚下的地砖开始向两侧移动起来。他惊喜地大叫："入口在这里。"原来亚历山大毫无章法的一顿乱砸，竟然歪打正着地碰到了入口的开关。

在红狮军团的眼前，出现了可以延伸到地下的台阶。厂房里跳动的火苗将入口处照得通明，但是红狮军团却看不清台阶尽头的黑暗空间。

秦天的一只胳膊已经受伤，所以腾不出手来拿手电筒。劳拉从战术背心的侧面袋子里掏出了只有火腿肠粗细的手电筒。这种手电筒是专门配发给特种兵的，可以方便地卡在枪身上。

　　手电筒的光线将地下工事照亮。红狮军团的特种兵们依次谨慎地走了下去。这下面真是别有洞天，简直就像一个功能齐全的指挥中心。在洞中央的监视器屏幕上，朱莉可以清晰地看到地面上的场景。她看到火势越来越大，整个厂房都被引燃了。幸亏炼油厂的油罐里都没有油，否则就会引发一场连环爆炸了。

　　地下工事里有很多房间。红狮军团一间间地进行搜索。卧室、洗手间、兵器室，红狮军团在搜索的过程中，发现这些房间功能各不相同。如果爆发一场局部战争，这里完全可以变成一个秘密指挥所。在地下工事中，红狮军团并没有发现蓝狼军团的踪影。

　　"我明明看到他们进入地下工事了。"亨特紧锁眉头。

　　秦天站在一张桌子旁，心想这个地下工事中肯定暗藏玄机，说不定在洞中还有一个洞，而蓝狼军团就藏在那里。

逮捕阴谋家

　　就在炼油厂发生激战的同时，露西也正在执行一项重要的任务。她带着几名警察急匆匆地走进国立医院，要去抓捕一个人。手术室的门打开了，密斯特部长在属下的搀扶下走出来。他的肩部缠着厚厚的绷带，子弹头刚刚被医生取出来。

　　密斯特看到露西第一句话就问："露西，抓到凶手了吗？"

　　"马上就要抓到了。"露西笑着说。

　　密斯特一愣，神色有些慌张。

　　露西问："密斯特叔叔，你的表情怎么有些不对劲？是不是伤口太痛了？"

　　"是是是！"密斯特连连点头，"哎呀，好痛呀！"

　　露西朝左右的警察使了一个颜色。这两名警察上前

一步，站在密斯特的面前。其中一个说道："密斯特部长，您被逮捕了。"

"什么？"密斯特以为自己听错了。可是，他看到一张写有自己名字的逮捕令已经出现在面前。

"这……这是怎么回事？"密斯特看着露西。

露西仍旧是微笑着："密斯特叔叔，您真是天生的演员呀，就别再装了。"

"我怎么装了？"密斯特很委屈的样子，"你们一定是搞错了。"

"难道还要我把你所做的事情都说出来吗？"露西反问。

密斯特不说话了。他心里明白得很，但他没想到自己的计划是那么天衣无缝，怎么会被识破呢？

露西以一个胜利者的口吻说："我真没想到，这一系列的枪击案竟然是您一手策划的。如果我没猜错的话，您这样做的目的是为了在伊奇国制造动乱，逼总统下台，然后趁机取而代之，对不对？"

密斯特知道自己已经败露了。但是，他想弄个明白："你是怎么发现的？"

"是你自己太不沉着了。"露西说，"夏洛克被毒死在家中，据我们的化验推测，他是在上班的时候被投毒的。这种毒剂必须在颜色较重的饮料中投放才不会被发现，所以我们断定他是喝了有毒的咖啡。那天，我去你们那里调查咖啡的来源。本来线索不明，结果你到咖啡间来冲咖啡，正好把线索送到了我面前。"

密斯特是个聪明人，顿时恼恨自己当初的愚蠢行为。密斯特清楚地记得那天，他担心露西调查出什么线索，所以借故去冲咖啡，其实是想去探探口风。可是，他没想到露西竟然会那么聪明，看出了自己的破绽。

"你的办公室里就有冲咖啡的设备，即使要到咖啡间来冲，也会是你的秘书代劳。"露西继续说，"所以我断定那天夏洛克一定是在你的办公室里喝了有毒的咖啡。"

露西那天从楼上下来之后，并没有急着离开。她来到了警卫室，要求查看前一天的监控录像。警卫室的几

名保安和露西是不打不相识，他们都知道露西和部长的关系非同一般，所以很愉快地帮了忙。

通过监控录像，露西看到那天夏洛克很早便来到了办公大楼。通过楼道里的摄像头，露西在录像中找到了夏洛克达到办公室后的行踪。在整整一天的工作中，夏洛克只出现在楼道里一次，那就是去了部长的办公室。

监控录像进一步证实了露西的猜测。事关重大，她立刻向总统进行汇报。总统命令警察局立即采取技术手段，对密斯特部长的电话进行二十四小时监听。结果，露西发现了更加令人惊讶的秘密。

密斯特要雇佣蓝狼军团刺杀总统。不过，这次刺杀不能要了总统的命，而是要击中密斯特，以此来让全世界都知道是密斯特部长用生命保护了总统的安全。这样一来，密斯特在国民中的支持率就会骤然提升。等到总统向国民保证的破案时间一到，案件还没有侦破，他就能顺理成章地取代总统的位置了。

这就是密斯特的阴谋。当天蓝狼军团接到了这项任

务，之所以没有人愿意去，其中一个原因便是不能杀死总统，而是要恰到好处地击伤密斯特。这项任务太难了，所以在行动前凯瑟琳和密斯特约定了严格的时间。只要时间一到，密斯特不管有没有听到枪声，都要上前一步用身体挡住总统。凯瑟琳会准时发射子弹，击中密斯特的肩膀。

可以说，凯瑟琳和密斯特的配合是天衣无缝的。可惜，他们的秘密已经提前泄露了，所以密斯特白白地挨了这一枪。如今，密斯特戴着手铐，被警察押进了警车。

密斯特被关进警车后，露西对负责押运的警察说："你们一定要多加小心，顺利地把密斯特送到关押所。"

"你要去哪儿？"其中一个警察问。

"我要去找我的朋友，也许现在他们需要我的帮助。"露西坐进另一辆警车疾驰而去。

通往炼油厂的路，露西非常熟悉。当她赶到那里的时候，大火烧得正旺。露西驾驶汽车冲进厂区，径直看向正在燃烧的厂房。红狮军团的踪迹全无，这令她开始

焦虑起来。

"秦天！"露西大喊。

厂区里只有呼呼的火声，并没有人回应她。

露西不死心，继续大喊："劳拉！亨特！"

嗓子都喊哑了，仍然没有人回应。露西焦急地在厂区里乱跑，寻找着红狮军团的踪影。露西在去医院抓捕密斯特之前，曾经和秦天进行过联系。她清晰地记得，秦天说他们已经到达了炼油厂，而蓝狼军团就隐藏在那里。

可是，现在炼油厂里一个人也没有。露西爬到炼油厂的高处俯视整个厂区，继而向厂区外张望，但仍然看不到红狮军团的踪迹。她只看到在密尔国与伊奇国的交界处有些异常。这是到底是怎么回事儿？露西开始紧张起来。

露西看到在两国的交界处，密尔国的一侧突然聚集了大量的部队。这支部队看上去最少有几百人，其中包括十几辆坦克和装甲战车。露西感觉到有些奇怪，因为

在她的印象中，密尔国和伊奇国一样，是个弹丸小国，根本没有精力建设常备军。这支看上去非常精悍的部队是从哪里来的呢？难道密尔国组建了一支雇佣军？

想到这里露西有一种不祥的预感，难道密尔国正在秘密组建部队，准备侵略伊奇国？她变得更加紧张了，看着即将烧为灰烬的厂房，她想红狮军团不会已经葬身火海了吧？

此时，在地下工事中红狮军团已经找到了一条秘密通道。蓝狼军团就是沿着这条秘密通道逃走的。他们沿着通道向前追去，这才发现通道很长，似乎已经通到了密尔国。这条通道很宽，竟然可以容许一辆坦克车开过。这让红狮军团提高了警惕。

秦天突然说道："咱们不能再追了。"

"为什么？"亚历山大不解地问。

"因为这条通道一定是通往密尔国的。"秦天说，"蓝狼军团肯定已经逃到了密尔国。"

"这里为什么会有一条连通两国的地下通道？"亚历

216

山大又问。

亨特分析道："这条通道也许是密尔国暗中挖掘的，目的是通过这里侵略伊奇国。"

"蓝狼军团为什么知道这条通道呢？他们怎么可以跑到密尔国去？"亚历山大的问题越来越多。

一边往回走，秦天一边分析说："如果我没猜错的话，蓝狼军团是受到了双重雇佣。他们一方面受密斯特的雇佣，帮他夺取总统的位置；另一方面，他们还受到了密尔国的雇佣，扰乱伊奇国的社会秩序，好让密尔国趁乱侵略伊奇国。"

当红狮军团返回到地下通道的入口时，外面的大火已经变小。当他们从冒着黑烟的厂房里冲出来的时候，露西喜极而泣。

秦天来不及向露西解释所发生的一切。看到密尔国边境集结的部队，他让露西马上向总统进行报告，请求联合国召开紧急会议，阻止密尔国的侵略行为。

总统接到露西的汇报后，马上通过常驻联合国的代

表向联合国秘书长紧急通报了情况。联合国立即召开紧急常务会议，研究密尔国的侵略动向。经研究决定，联合国秘书长紧急召见密尔国的代表，向他发出了停止侵略行为的通报。

密尔国的国王野心勃勃，正准备命令大军攻入伊奇国的境内，却突然接到了联合国的警告。他考虑再三，还是停止了侵略行为。边境上，密尔国的雇佣军逐渐撤去，红狮军团和露西这才松了一口气。在密尔国的雇佣军中，他们发现了几个熟悉的身影，那就是蓝狼军团。那几个邪恶的家伙再次逃脱了。秦天暗暗发誓，下次一定会将他们绳之以法。